夜から始まる恋人契約

葛西青磁

イースト・プレス

contents

第一章　はじまり

どうしてこんなことになってしまったのか――。

いくら記憶を辿《たど》っても思い出せない。


「あ……、あぁ……っ」

宙へと溶けていく吐息が熱い。

滲《にじ》んだ視界に映るのは、幻想的に煌《きら》めく神々しいまでの白銀の光。

――あなたは誰、どうしてわたしにこんなことをするの？

全身を襲う痺《しび》れるような甘ったるい官能に、身体が本能的に逃げを打とうとすれば、やんわりと組み敷《し》かれる。

「逃がさない」

「だめ……も……おねが……」

「駄目じゃないよ、もっと泣いて、オーレリア」

重ねられた唇越しに囁《ささや》かれる艶《つや》やかな声と共に、与えられる愛撫が濃密さを増していく。

どうすることもできないままに身体の熱を高められ、ただ涙を流し続ける彼女の耳朶《じだ》に、ひどく優しげな声が響く。

「かわいいオーレリア、僕が一生君に傅《かしず》いてあげよう――」

その言葉は甘ったるい蜜のように、しっとりとオーレリアの身の内へと沁み込んでいった――。

＊　＊　＊

リーヴェ国の王都エトゥールから汽車で半日ほどの距離にある港町ラヴェンナ。その郊外にラヴェル女学院はある。

古い歴史を持つその女学院は淑女《しゅくじょ》教育の場として名高い全寮制の学校であり、十二歳から十八歳までの少女たちが厳しい規律の下、集団生活を送っている。

オーレリア・クロフォードがラヴェル女学院で学ぶようになって六年。最高学年となった彼女は十二歳から寄宿舎生活を送っている。

オーレリアは入学以来成績優秀で、生活態度も常に品行方正であることから教師からの信頼も厚く、今では模範生《もはんせい》として生徒の手本となっている。

同級生にも友人の多いオーレリアではあるが、面倒見も良いために特に下級生から慕われることが多く、憧憬《しょうけい》や崇拝《すうはい》の気持ちを込めて『お姉さま』『女神《マリア》さま』と呼ぶ者もいるほどだった。

だが皆は知らない。

この女学院で誰よりも清廉《せいれん》と謳《うた》われる彼女が、実は誰にも言えない秘密を抱えているということを――。


「ねえ、オーレリアってば、聞いてる?」

怪訝《けげん》そうに呼びかける友人の声で、オーレリアはふと我に返った。

「え?」

「え?　じゃないわよ。どうしちゃったのよ、ぼうっとして」

クラスメイトであり、女学院で一番親しくしている友人のナタリアが不思議そうにオーレリアを見ている。オーレリアはそうだった、と思い出す。

授業を終え、クラスメイトらと共にカフェテリアでアフタヌーンティーを楽しんでいたのだった。

ふと見下ろせば、お気に入りのミルクティーはすっかり冷え切っている。

「何を考えていたのよ」

「何でもないわ。ちょっとぼんやりしていただけよ」

「珍しいわね、ぼんやりなんて」

「ごめんなさい。――それで、何の話をしていたのかしら？」

もう飲む気のなくなった紅茶のカップから手を離し、友人たちに申し訳なさそうな笑顔を向ける。オーレリアが聞いていなかったことに、ナタリアは不満そうにひとつため息をついたが、すぐに気を取り直し、うきうきとした表情で「あのね」と話し始めた。

「シェルがね、ヴァージニア子爵とお付き合いを始めたそうなのよ」

「――本当なの？」

オーレリアが驚いたように言うと、向かい側に座っていた赤毛の少女が恥ずかしそうに微笑んだ。その顔を見て満足そうに頷《うなず》いたナタリアが話を続ける。

「いつそんなことになったのか訊《き》いていたのよ。ほら、シェルは許嫁《いいなずけ》がいなかったでしょ？　奥手な子だし、一体いつ？　って訊いたのよ。そうしたらね――」

「この前の社交界デビューのときに告白されたんですって！」

我慢《がまん》できない、といった様子でナタリアの隣の少女が身を乗り出すようにして言った。

途端、きゃーと笑いまじりの悲鳴があがる。シェルは真っ赤になりながらも嬉しそうだ。

　三か月前、十八歳を迎え成人した貴族の子女の門出を祝う舞踏会が王都にて盛大に催《もよお》された。

「デビュタント舞踏会」に出席することは、単に社交界にデビューするだけでなく、結婚できる年齢になったと周囲に知らせ、また将来の伴侶《はんりょ》を探すという意味もあった。

「私たちの中で、一番おとなしいシェルが一番先に告白されるなんてびっくりよね」

「しかも、出会った夜に頬《ほほ》に口づけられたんですって」

「ヴァージニア子爵って将来有望じゃない、羨ましいわね」

　きゃあきゃあと盛り上がる友人たちを、オーレリアは苦笑まじりに眺《なが》めていた。

　彼女たちが話しているデビュタント舞踏会にはオーレリアも出席していた。だが、オーレリアはそもそも舞踏会にあまり乗り気ではなかった。

　オーレリアには社交界に対する憧れがほとんどない。それは彼女の両親の姿を見ていたからだ。

　クロフォード夫妻はふたりとも社交界を重視し、洗練された会話や高価な酒を嗜《たしな》むことには積極的だったが、子育てにはそれほどの情熱を傾ける人たちではなかった。だからオーレリアは両親の愛情というものをあまり知らない。オーレリアの持つ記憶の中で一番古い両親の姿は、美しく着飾った母が父のエスコートで優雅に出かけていく後ろ姿だった。それを寂《さび》しいと思うことはあったが、侍女に甘えたところで彼女たちが困るだろうことが分かる程度には、オーレリアは幼い頃から敏《さと》い子どもだった。周囲に教えられる前に、彼女は我慢というものを理解していたし、それを周囲は物分かりの良い子と受け止めていた。

そうした生い立ちから、オーレリアは幼いながらにして、両親に愛情を求めることを諦《あきら》めるとともに、社交界を敬遠する気持ちも強くなっていったのである。

——やっぱり行かなければよかった。

もう何度考えたかしれない後悔にため息をつく。

「ねえ、そういえば、オーレリアはどうなの？」

「——え？」

思い出したかのように切り出され、オーレリアは一瞬ぎくりと固まる。

「そうよ、どうなってるの？」

「……な、何か？」

周囲の目が一斉に向けられて、オーレリアは怯《ひる》んだ。

この状況で彼女たちが何を知りたいのか、あえて訊かずとも分かっている。

「オーレリアに声を掛けたのって、確かアッカー侯爵家のご子息のロアーク・レイノルズ子爵でしょ？　羨《うらや》ましいわ」

「本当よね。あんな素敵な方にダンスを申し込まれて羨ましいわ」

言いながら、少女たちは頷き合っている。

「ね、あの後いくら訊いても教えてくれないし、実際のところどうなの？」

「どうって、……皆が期待するようなことは何もないわよ」

「嘘だわ！　だって子爵ってば、あたしたちがダンスを踊っている間も、あんなに熱心にオーレリアのこと口説《くど》いてたじゃない」

「それに、途中気分が悪くなったあなたを別室へ運ぶときなんて、見ててドキドキしちゃったわ」

「あたしも！」

「オーレリアが最近ぼうっとしていることが多いのも、それが原因なんじゃないの？」

きゃー、と盛り上がる友人らを尻目に、オーレリアはほんの一瞬、彼女たちが気づかないほどわずかに眉を顰《ひそ》めた。

――あの夜何が起きたかなんて、言えるわけがないわ。

確かに友人たちが言うように、ロアーク・レイノルズとは途中まで楽しく過ごしていた。厳しい規律のある学院生活からひと時離れた解放感もあったのかもしれない。

『この曲が終わるまで、テラスでお話ししませんか』

青年から誘惑されていると分かっているのに、拒むことができなかったのだから。テラスに招待客らがいたことも、オーレリアの警戒心を緩めていた。

初めのうちは互いの自己紹介をし、趣味の話では共通点などがあると笑ったりもしてそれなりに楽しかった。青年は話術が巧《たく》みで、さらには勧《すす》め上手だったこともあり、オーレリアはあまり飲まないようにしていたのだが、気づけばワインをグラスに半分ほど飲んでいた。そうするうち、青年は場所を変えようと誘ってきた。

『できればもっとあなたと親しくなりたい』

それが口説き文句だということは、熱っぽい眼差しから伝わってきた。しかし、そんなつもりはさらさらないオーレリアは、音楽が終わったのを幸いと、そろそろ中へ戻りましょうと踵《きびす》を返して会場へと戻ろうとした。

だが、身体が会場を向くよりも先に、足がふらついた。気づけば視界までもが揺らいでいる。自分の身に何が起きたのか分からずに、オーレリアは戸惑った。

そんなに飲んでいないはずなのにどうして――。

まっすぐに立っていることもできずにいると、その身体を青年に支えられた。

『大丈夫ですか?』

『大丈……』

言いかけたオーレリアは、心配しているはずの彼の顔に不自然な笑みが浮かんでいることに気づいた。――その瞬間、オーレリアはこれが彼の仕組んだ罠《わな》だと分かった。

『……っ、いや……』

急速に薄れていく意識の中、彼は精一杯抵抗するオーレリアを難なく抱き上げ、「少し飲み過ぎたようですね」とオーレリアがワインを飲み過ぎたことが原因であるかのように装う。

『いや、離して……』

『離してもその足じゃ歩けないでしょう? 休める場所に案内してあげますよ』

人気《ひとけ》のなくなった回廊で答える青年の端正な顔には、先ほどまでの紳士《しんし》然とした面影はなかった。強制的に狭まる視界の中、最後にオーレリアの心に浮かんだのは、こんなことになるのなら、やはり舞踏会になんて来るのではなかったという強い後悔の思いだけだった——。


抗《あらが》えぬ睡魔に呑《の》まれ、望まぬ一夜が過ぎた。

窓辺から差し込む光で目覚めたオーレリアは、不自然に痛む頭を押さえて身を起こそうとして、自分が裸だということに気づいて驚いた。混乱しながら昨夜を思い返し、気を失う直前のロアークとのやりとりを思い出して青ざめる。けれど、その恐怖は隣で眠る男を見て一瞬で衝撃へと変わった。

——なぜなら、彼女の隣に眠る男は、昨夜の青年ロアークとは似ても似つかぬ別人だったからである。

訳が分からずオーレリアは混乱した。だが、一糸纏《いっしまと》わぬ互いの姿が、昨夜何があったのかを雄弁《ゆうべん》に物語っていた。

一体どうしてこんなことになっているのか。

『な、んで……』

呆然《ぼうぜん》とオーレリアは呟《つぶや》く。

昨夜の記憶をどれほど辿っても、この男と知り合った覚えはない。

少し乱れた銀の髪、すっきりとした輪郭《りんかく》を描く顔立ちは、こんなときでなければ見惚《みと》れそうなほどに整っている。これほど容姿端麗《ようしたんれい》な男であれば、会えば必ず記憶に残るはずだ。なのに、まったく覚えがない。

だがとにかく、考えている場合ではないことだけは確かだった。相手が誰であれ、こんなところには一秒だっていられない。

男を起こさないよう、細心の注意を払いながら分厚い絨毯《じゅうたん》に足をつく。だが数歩歩いたところで、陰部から何かがとろりと内腿《うちもも》を伝う感覚を覚えた。月経にはまだ早いはず、と思いながら目を落とせば、伝い流れているものは経血ではなく濁《にご》りを帯びた白い液だった。それが何なのか気づいた瞬間、オーレリアは、喉元まで突き上げてきた悲鳴を堪《こら》えるためにとっさに両手で口を塞《ふさ》いだ。

『……ぁ、まさ、か……』

不意にオーレリアの脳裏に昨夜の記憶が断片的に蘇《よみがえ》る。

乱れたシーツの海と、部屋を柔らかく照らすランプ。

何度も重ねられる唇。優しく肌を撫《な》でる手。堪えきれずに漏らしてしまう甘い喘《あえ》ぎと、肌に触れる熱い吐息《といき》。そして、絶え間ない快楽の波に攫《さら》われ、蕩《とろ》け切った身体をゆっくりと押し拓《ひら》かれていく痛みと、耳朶に心地よく響く柔らかな声――。

『オーレリア――……』

その声の主は、何も知らないオーレリアを何度も昇りつめさせ、未知の世界へといざなった。

それは、強引な行為とは思えないほど甘ったるく官能的な記憶だった――。

あの夜何があったのか、どうしてロアークが見知らぬ男と入れ替わってしまったのか。その理由を何度も思い出そうとしたがまったく思い出すことができなかった。逆に、そうやって思い出そうとすればするほど、脳裏に蘇るのは甘い記憶ばかりで、却《かえ》ってオーレリアを狼狽《うろた》えさせた。

こんなことがもしも誰かに知られたら、とんでもないことになる。

王都から女学院に戻ってからも、オーレリアはいつ教師にこのことが知られるかと怯えた。こんな不祥事が明るみに出れば、規律の厳しいこの女学院では間違いなく退学となるだろう。

だが、一月《ひとつき》が経ち二月《ふたつき》が経ってもオーレリアの周囲に変化はなく、三月《みつき》経つ頃には、あれは夢だったのかもしれないと思うようになっていた。

――あれは、悪い夢。夢なのよ。

「何もなかったの。ただ休んで帰って――それで終わり」

自分自身に言い聞かせるように、オーレリアがあえておどけた口調で言うと、少女たちはいかにも残念そうに肩を落とした。

「そうなの……てっきり何か素敵なロマンスがあったのかと思ったのに」

「そんなわけないでしょう」

くすりと笑いつつ、疑われずに済んだことにオーレリアは内心でほっとする。

「まあ、皆も言ってたのよね。オーレリアに限ってそれはないでしょ、って」

「え？」

「だって、マリアさまだものね、オーレリアは」

オーレリアは自分が下級生からそう呼ばれていることを思い出して苦笑した。

「からかわないでよ、ナタリア」

「あら、からかってなんかないわよね、ねえ？」

さも意外そうにナタリアは目を瞠《みは》り、同意を促すように周囲の友人たちを見回す。

「勿論《もちろん》、からかってなんかないわ。オーレリアは私たちの自慢よ。頭も良くて美人なのに、それを鼻にかけてないし」

「そうそう、オーレリアってこれだけ綺麗なのに、無自覚なのよね。もったいないわ」

「だからみんなから反感を買わないんじゃない？」

「それもそうね」

オーレリア以外の全員がどっと笑う。

「もう、やめてよ。わたしなんかより、ナタリアのほうがよっぽど綺麗だと思うわ」

「確かにナタリアも綺麗だけど、オーレリアはちょっと違うのよね」

少女たちが顔を見合わせて頷き合う。

「ナタリアは金髪とグリーンの目の正統派美人だけど、オーレリアって、雰囲気が神秘的っていうのかしら……」

うまく説明できない友人に代わり、ナタリアが言葉を続ける。

「いつも自分を戒《いまし》めている僧侶みたいな雰囲気があるわよね。――それに、オーレリアの目ってこの辺じゃちょっと見ないでしょ？」

「青みがかった紫よね。じっと見てると吸い込まれそうな感じがして、すごく綺麗だわ」

「そうそう。まるで紫水晶みたいに透明感があって、ずっと見てても飽きないもの」

全員の視線がオーレリアの双眸《そうぼう》に集まる。

「――別段、珍しくないわよ。これは北方出身の母の血が濃く出たかららしいの。だから北方に行けばこんな目の人ばかりよ」

あまり手放しで褒《ほ》められると居心地が悪い。オーレリアにとって、幼い頃から自分の容姿はコンプレックスでしかなかったから。

『よくできたお嬢さん』

『綺麗な子』

幼い頃からオーレリアはそう言われてきた。それは、両親が屋敷に客人を招くたび、彼らに礼儀正しく応対するオーレリアを評しての言葉だった。

両親はオーレリアに対して関心が薄かったが、その分干渉もしなかったので気楽と言えば気楽だった。日頃交わす言葉は挨拶と業務連絡のような最低限の会話だけ。――ただ、屋敷に客人を招いたときだけは、彼らはオーレリアに『家族』を演じるよう求めた。優雅に暮らす容姿端麗な夫婦とその娘、という理想的な家族を。

それを馬鹿らしいと思いつつも、あえて反抗する意味も見出せなかったし、客人とて真実のクロフォード家がどうであるかなど興味がないことは分かっていた。だから、オーレリアは客人の前では良い娘を演じてきた。

そんなふうにうわべだけ良い子を装うオーレリアだったから、褒め言葉に対しても上っ面の笑顔で応えていた。だが、どうしてもオーレリアが受け入れがたいものがあった。

『お優しいお母様に似て、お綺麗ね』

たとえお世辞《せじ》であっても、そう言われることは大嫌いだった。社交界に心を奪われ続ける母と似ているなんて言われても、全然嬉しくない。ましてや、愛情らしい愛情を受けたこともないのに、どうして母を優しい人だなんて思えるのか。

「北方ではありふれているとしても、オーレリアだから似合うのよ、その目は。本当に綺麗だもの。下級生たちがマリアさまって呼ぶのも頷けるわ」

「もう、ナタリアいい加減にしてってば」

「分かったわよ、もう言わない。それより、近頃リシャールはどうしてるの？」

「……以前よりは元気よ」

新しいその話題に、オーレリアの表情は自然とやわらぐ。

オーレリアには十一歳年下の弟がいる。リシャールはオーレリアにとって特別な存在だった。

彼は生まれつき身体が弱かったこともあり、母に代わり世話をしていたオーレリアを強く慕っている。そんな弟のことが、オーレリアはかわいくて仕方がなかった。弟のことはオーレリアの中で常に最優先事項だった。

リシャールが生まれてからも、両親の社交界への関心が薄れることはなかった。

こんなにもかわいい弟よりも社交界を優先し続ける彼らが、オーレリアには理解できなかった。

結局その答えは得られないまま、両親は四年前、乗っていた列車が脱線事故を起こして亡くなった。あっけないほどの突然の別れに衝撃を受けたが、同時にリシャールが両親と一緒でなくてよかったと心から安堵《あんど》もしていた。

以来、これまで以上にオーレリアにとってリシャールは大切な存在となっている。女学院で真面目な生徒でいるのも、すべては弟のためだと言ってもよかった。

「へえ、良かったじゃない。以前はよく熱も出していたって言うけれど、きっとこれからもっと元気になるわよ」

「ええ、そうであってほしいわ」

「なるわよ。なんたって、『マリアさま』のご加護を一番傍で受けられるんだから」

「もう、またそれ？」

困ったようなオーレリアの苦笑に、友人たちの笑い声が重なる。

「あの、お姉さま」

そのとき、笑い声に紛れるように、控えめな声がオーレリアの少し後ろから聞こえた。オーレリアを含めたその場にいた全員が、声の主のほうを見る。

そこにいたのは、十歳ぐらいの少女だった。オーレリアたちと同じ、この女学院の制服である紺地のワンピースを着ている。

少女が誰を呼んでいるのか、この場にいる全員が即座に理解した。と同時に、皆が「ほらね」と言わんばかりにオーレリアに視線を向ける。

タイミングの悪さに気まずさを覚えつつも、オーレリアは微笑みを浮かべて「どうしたの？」と問いかけた。途端、少女の頬がさっと赤くなる。

「あの、ブラウン先生がお姉さまにお話があるから、教員室へ来るようにと」

「先生が？」

「は、はい」

やや緊張の面持ちで少女は頷く。目の前にいる少女とは何度か廊下ですれ違いざま挨拶を交わしたことがある。そのたびに、少女は今と同じような表情を浮かべてオーレリアを見つめていた。

——憧憬と思慕《しぼ》、そして崇拝を秘めた眼差しで。

年下の少女らにそうした目で見られることは珍しいことではなく、むしろよくあることだった。

——本当のわたしは、皆が思うような人間じゃないのに。

ただ、うわべを取り繕《つくろ》うのが上手なだけ。だけど、それだって何の役にも立たない。本当に欲しいものはどうやったって手に入らない。

それがどうしようもなくもどかしくて、悔《くや》しくて――。

目を閉じれば、オーレリアが誰よりも大切に想う弟の笑顔が浮かぶ。胸に込み上げる迷いを振り切り、オーレリアはにこりと少女に微笑みかけた。

「ありがとう、知らせてくれて。――すぐに行くわ」

「はいっ、じゃあ失礼します」

少女は上気した頬のままぺこりと頭を下げると、くるりと踵《きびす》を返して立ち去っていった。その後ろ姿を、何とも言えぬ複雑な思いで見ていると、ふと周囲から向けられている視線に気づいた。

「……何も言わないで」

友人たちの目に浮かぶ楽しげな色に、オーレリアは苦笑を浮かべて先んじる。

「言わないわよ。オーレリアと話してる最中、あの子の目がうっとりしてたなんて、ね？」

「勿論言わないわ。憧れの『お姉さま』とお話ししたのよって、皆に自慢するでしょうね、なんて。――ねぇ？」

「もう、みんな意地悪ね」

クスクスと笑い合う友人たちを軽くひと睨みすると、オーレリアは立ち上がった。

「じゃあ、わたし行くわ」

軽く手を振り、そのままカフェテリアを出ていくオーレリアを、友人たちもまた手を振って見送っていた。

そのオーレリアの笑顔が微かにこわばっていたことに、誰も気づくことはなかった。

「今すぐに王都に戻りなさい」

教員室に入った途端、オーレリアは担当教師であるブラウンにそう言われて面食《めんく》らった。

朝会ったとき、ブラウンはいつもどおりだった。だが今の彼女の顔にはいつもの穏やかな笑みはなく、どこか深刻さをたたえている。——まさか、あの夜の件が知られてしまったのだろうか、とオーレリアの背にひやりと冷たいものが伝う。

だがすぐにそうではないと分かった。彼女は手に持っていた二通の手紙のうち、一通をオーレリアに差し出した。

「あなたの親戚の方からです。詳細はあなた宛てのほうに書いてあるようですが、火急に相談したいことが起きてしまったので、すぐに帰ってくるようにと」

「親戚……伯父様から……?」

あの夜のことではないと安堵したのも束の間のことだった。

女学院へ来て六年。その間こんなふうに伯父から急ぎで手紙が送られてきたことは一度しかなかった。四年前、事故で両親が亡くなったときだ。

何が起きたのか。漠然《ばくぜん》とした不安に、手紙の封を切る手が震えた。

まさか、リシャールの身に何か起きたのだろうか。恐怖に手が止まったが、そんなはずはないと打ち消す。もし弟のことであれば、相談ではなく、すぐに戻ってくるようにと書いてあるはずだ。だから、これは違う——そう考えながら封筒から手紙を取り出し、三つ折りにされたそれを開く。

内容を黙読したオーレリアは、その意味を信じたくなくて最初から読み直す。

だがどれほど丁寧《ていねい》に読んでも、手紙に書かれている内容はそれ以外に理解のしようがなかった。

「先生、帰省の許可をお願いします」

心配そうに見守る教師を見上げたオーレリアの顔は、血の気を失っていた——。


夜半過ぎ、オーレリアは三か月ぶりにクロフォード邸に戻った。

父の代から勤めている初老の家令は、深夜突然の帰宅にもかかわらず、驚いた様子もなく彼女を出迎えた。

「お帰りなさいませ、お疲れになったでしょう」

「ありがとう、フィン。こんな遅くにごめんなさい」

「何をおっしゃいます。ここはお嬢様の家でございます」

どうして遠慮する必要があるのかと、フィンは目じりにしわを刻んでおっとりと微笑む。その心を落ち着かせる穏やかな笑顔は、オーレリアが子どもの頃から変わらない。フィンは、オーレリアの幼少期を知っている数少ない人物であり、彼女が心を許せるごく限られた相手でもあった。

「お食事はいかがなさいますか」

「あまり食欲がないからいいわ。それより、リシャールは？」

「はい、お健《すこ》やかでございます。今日はもうお休みになっていらっしゃいますが、最近はお風邪を召されることもなく、時折お庭を散歩されたりも」

季節はそろそろ秋を迎えようとしている。夏の暑さもやわらぎ、庭を散歩するにはいい気候だろう。

「リシャール様にお会いになりますか？」

「いいわ。今夜は遅いもの。せっかく休んでいるのに起こしたくないわ。それに――」

――もしかしたら、これからはずっとここにいることになるかもしれない。

言いかけた言葉を呑み込み、オーレリアはにこりと笑んだ。

「起こした後、興奮して眠れなくなってしまっても困るもの」

「それもそうですね。――ああ、それとお嬢様」

笑顔で頷いた後、フィンは少しだけ表情を改めた。

「クレイグ様からご伝言を預かっております」

その名を聞いた瞬間、オーレリアの肩がわずかにこわばった。

「……伝言？」

「はい、明日お嬢様にお会いしたいと。大切なお話があるそうです」

「――分かったわ。今夜は遅いし、わたしももう寝るわ。フィンも休んで」

フィンはまだこの件を知らない。一瞬、打ち明けてしまおうかと思った。だが、今は時期尚早《しょうそう》だとその考えを打ち消す。とにかく、明日従兄《いとこ》に会って、詳しい話を聞いてから決めよう。

部屋に引き取り、ひとりになって改めて手紙を開く。

余程急いで書いたのか、前置きも何もなくいきなり本題に入っていた。

手紙は伯父からではなく、彼の息子のクレイグ・マクシミリアンからだった。

最初に読んだとき、オーレリアはこれがたちの悪い悪戯《いたずら》であってほしいと思った。不謹《ふきん》慎《しん》だとは思っただろうが、心から安堵しただろうから。

手紙に記されていた内容は、クレイグの父――すなわちオーレリアが心から敬愛し、姉弟の後見人になってくれている伯父のロバーツが、先週突然失踪《しっそう》したというものだった。

それも、クロフォード家の財産と共に。

第二章　伯父の失踪

ロバーツ・マクシミリアンはオーレリアの父の兄にあたる人物で、クロフォード夫妻亡き後は、姉弟の後見役《こうけん》を務めている。また優秀な医師である彼は、リシャールが生まれたときからの主治医でもある。

性格は温厚誠実で、その深い洞察力《どうさつ》からオーレリアの葛藤《かっとう》にもいち早く気づき、温かな愛情と共に助言をくれていた。オーレリアは彼の前でだけは自分を偽る必要がなく、年相応の素直な子どもでいることができた。そんな彼をオーレリアは心から信頼し、実の親よりも慕っていたのだが――。

その彼が、姿を消したという。しかも、彼が管理していたクロフォード家の財産と共に。

「一体どういうことなのですか」

翌日の午後、屋敷を訪れたクレイグがサロンへ顔を見せるのと同時に、オーレリアは詰め寄った。

今年三十二歳になるクレイグは、伯父と同じく医師であり、この日も病院に来られない患者の往診をすませての来訪だった。

「遅くなってすまない、ちょっと急な患者が入ってね。――ああ、フィン。大切な話があるから、しばらく誰も近づけないでくれ」

クレイグの言葉を受けて、家令はオーレリアに顔を向ける。オーレリアが小さく頷くと、彼は恭しく腰を折った。

「――かしこまりました」

家令が扉を閉めると、クレイグは「彼は本当に君に忠実だな」と苦笑しつつおもむろに窓際へと歩み寄る。それから表情を改めると、近くの壁に背を預けるようにして話し始めた。

「父がいなくなったのは、先週のことだ」

少し前まで伯父の様子はいつもと変わりなかったという。

彼のもとには日々患者がたくさん訪れている。患者は貴族だけでなく、王都に暮らす人々すべてが対象だった。

「君も知ってのとおり、父は優秀な医師だ。父を頼って国内外から大勢の患者が訪れる。だから多忙ではあったけれど、父にとっては充実した毎日だったはずだ。――それが最近、様子がいつもと少し違っていたんだ」

「いつもと違うって？」

オーレリアはかすかに眉根を寄せながら、クレイグの青い双眸を見上げた。彼の伯父譲りの端正な顔は、父の面影も残している。

「うまく言えないんだが、ふとしたときに何か考え込んでいるような……勿論、患者のことで悩むことはよくあることだけど、あれはそういう感じではなかった。——何か深く後悔しているような、迷っているような」

「後悔？　迷って……？」

「ああ」

ひとつ頷いてクレイグは続けた。

「何かあったのかと何度か訊《たず》ねてもみたんだが、父は何でもないと答えるばかりでね。そうこうするうちに失踪し——その翌朝、父の机を調べていたら、こんなものが見つかったんだ」

言いながら、クレイグは上着の内ポケットから折りたたまれた白い紙の束を取り出した。

それを受け取ったオーレリアは、広げてみて目を見開いた。

「——これは……」

それは膨大な金額の借用書《しゃくよう》だった。しかも、借金の担保《たんぽ》はクロフォード家の屋敷となっているのだ。

「……一体どうして、こんなこと……」

「——どうやら、株、らしい」

嘆息《たんそく》まじりにクレイグは呟いた。疲労感の滲む声に改めて彼の顔を見れば、無精《ぶしょう》ひげこそないが、目の下にはうっすらと隈《くま》があることに気づいた。無理もない。実の父が突然失踪したうえ、多額の借金を残していたのだから。

「なんでも患者のひとりに勧められて始めたらしいんだ」

初めのうちはうまくいっていたらしく、利益もそこそこあったらしい。

だが、やはり素人。慣れない相場を読み切ることができずに失敗し、次第に増えていく借金を補てんするため、クロフォード家の財産をつぎ込んでいったのだという。

「最初のうちは、まだどうにかなると高を括《くく》っていたのかもしれない。それがどうにもならなくなって、最終的にこの屋敷も抵当《ていとう》に入れてしまったようだ」

「そんな……信じられないわ。まさか伯父様が……」

「君は父を慕っていたからショックだろうね」

クレイグは呆然とするオーレリアを憐《あわ》れむように眉を下げる。

「だが、ああ見えて父は昔から水物《みずもの》に興味があってね。これまでにも何度か手を出しているんだよ。そのときは読みが当たってかなり儲けたらしいから、それもあって油断したんだろう。今度もうまくいくだろうと軽い気持ちで始めたのに違いない」

それが読みが外れて大損となってしまい、借金に借金を重ねてとうとう首が回らなくなった。借金の返済の期日が迫る中、追いつめられた伯父は、衝動的に姿をくらましてしまったのだろうとクレイグは沈鬱《ちんうつ》な面持ちで語った。

「できることなら、君に知らせず僕のほうで借金を返済できればと思っていたんだが……さすがに金額が莫大《ばくだい》でね。僕だけの力ではどうにもできなかった……すまない、オーレリア」

「そんな、クレイグのせいじゃないわ」

頭を下げるクレイグに慌てて歩み寄り、頭を上げるように促す。

「いや、こんなことになるまで気づいてやれなかった僕にも責任の一端はある。だから、君やリシャールのために、僕にできることは何でもしたいと思っている」

「気持ちは嬉しいけど、でも――」

そのとき、扉の向こうから突然大きな物音と耳慣れない声が聞こえてきた。オーレリアは話すのを止めて扉のほうへと顔を向ける。

「お待ちください」

こちらへ向かっている誰かを止めているようなフィンの声に続き「邪魔だ、どいてろ」と粗野《そや》な声が伝わってきた。

耳慣れない男の声にオーレリアは思わずクレイグを振り返る。クレイグもオーレリアと同様に、困惑の滲んだ表情で扉を注視していた。

オーレリアが再び扉へと顔を向けた直後、ノックもなく、いきなり扉が開かれる。

入ってきたのはふたりの男だった。ひとりは茶色の髪できちんとした身なりをしている。もうひとりは男に付き従う下男のようだった。

「お嬢様、この者たちが勝手に……」

後から続いて来た家令が言い終えるより先に、男たちのうち、茶色の髪の男がオーレリアを目に留めた。

「あなたがクロフォード伯爵家のオーレリアさん？」

口調だけは馬鹿丁寧だが、値踏みするような視線に嫌悪感が湧き上がる。

「そうです」

毅然とした声で答えると、男は嬉しそうに「ああ、よかった」と相好を崩した。

「あなたに渡すものがありましてね」

そう言って、男はオーレリアに一枚の紙を手渡した。目にした瞬間、オーレリアは息を呑む。それは、先ほどクレイグから見せられた借用書と同じものだった。

「フィン、ごめんなさい、この方たちはいいの」

「ですが、お嬢様」

「お願い、フィン」

今は何も訊かないで。そう目で訴えるオーレリアに、フィンはしばし迷うそぶりを見せたが、最後には諦めたように「かしこまりました」と腰を折った。

「お困りのことがありましたらお呼びください」

後ろ髪を引かれる様子でフィンが部屋を出ていくと、オーレリアは硬い表情で男に問いかけた。

「ご用は何ですか」

「借り主さん――あなたの伯父さんですが、借金返済の期日を過ぎても、一向に貸したお金を返してもらえないんですよ。で、仕方なくこちらへ伺ったわけです」

「どうしてわたしが」

「それは勿論」

困惑するオーレリアに対し、男は笑顔を浮かべる。

「借金の担保になっているのがこの敷地と屋敷だからですよ。払ってもらえないなら、この家を明け渡してもらうしかないでしょう？」

「そんなこと、急に言われても……」

伯父の借金自体、ついさっきクレイグから聞かされたばかりだというのに、その衝撃も覚めやらぬうちに返済するなど無理に決まっている。

「文句なら借りた当人に言っていただかないと。俺達は金さえ払っていただければそれでいいんです。なのに、あなたの伯父さんは借りるだけ借りて行方をくらますものだから、俺達も困っているんですよ」

言葉とは裏腹な屈託のない笑顔で男は話す。

「まあ、払えないというのなら、他にも手段はありますが」

「……他の手段？」

「ええ、あなた自身を売ればいいんです」

「な⁉」

ぎょっとするオーレリアに対し、男はさらに言った。

「あなたほどの器量で、由緒正しい伯爵家の令嬢となれば、いくら払ってでも抱きたいという男は山ほどいるでしょう。身体つきも申し分なさそうだし……何なら、いい娼館を紹介しますよ」

「……娼館って……」

からかわれているのかと思った。だが、そうではないと言うかのように、茶髪の男の隣で痩せた男がにやにやと下卑た笑みを浮かべたまま、オーレリアの全身をねっとりと眺めている。まるで服を透かして素肌を覗き見られているようでぞっとした。

「ちょっと待ちたまえ。無礼にもほどがあるだろう」

クレイグがオーレリアと男たちの間に割って入る。クレイグが背で庇ってくれたことで、ようやく粘着質《ねんちゃくしつ》な視線から逃れられて、オーレリアはほっとした。

「あなたは誰ですか」

茶髪の男が今初めてクレイグの存在に気づいたように小首を傾げて問いかける。

「僕は彼女の従兄だ。借金をしているのは、僕の父だ」

「ああ、なるほど。それなら、息子のあなたが払ってくれるわけですね？」

「――いや、僕にもこれほどの大金は急には……」

言葉を濁すクレイグに、茶髪の男はそれまでとは一変して、小馬鹿にしたように鼻先で笑った。

「だったら、引っ込んでてください。かわいい従妹《いとこ》の前で無様な姿を晒《さら》したくないでしょう？」

「な、なんだと!?」

がらりと変わった声音と不躾《ぶしつけ》な物言いに、クレイグがさっと頬を紅潮させて気色ばむ。とっさに二の句が継げないでいるクレイグから男は視線をオーレリアに転じると、さて、と元の慇懃《いんぎん》な口調に戻った。

「どうしますか？　先ほども申し上げましたが、こちらとしては金さえ払ってもらえれば手段はどうでもいいんですよ。この家を手放そうと、その身体を差し出そうと」

「……そんなこと、どちらもできるはずがないわ」

無理よ。蚊《か》の鳴くような声で呟く。

「そう言われても、こちらとしても困るんですよ」

と、本当に困っているように茶髪の男は微笑む。それが作り物の笑顔だということはもう分かっていたが、それでもオーレリアは懇願するしかなかった。

「お願いです。……少しだけ……少しだけ待ってください。お金は必ず何とかしますから……だからお願いです、今日は……」

屈辱に耐え、腰を折って深く頭を下げる。

「いいですよ」

答えは、意外なほどあっさりと返ってきた。しかも、オーレリアの望む形で。

思わず顔を上げれば、その明るい声と同様に男はにっこりと笑んでいた。

「あなたもいきなりの話で戸惑っているでしょうし、一週間、考える時間をあげましょう」

「……分かりました」

「じゃあ、今日のところはこれで失礼します」

馬鹿丁寧に頭を下げると、来たときと同じように唐突に男たちは帰っていった。

「くそっ……」

呆然と立ち尽くしているオーレリアの耳に、従兄の苛立った声が届いた。

「クレイグ……」

「すまない、オーレリア。君を連中から守るどころか、みっともないところを見せてしまった」

「ううん、いいの。誰だってあんなことに冷静に対応なんてできないわ」

うなだれるクレイグにオーレリアはかぶりを振って微笑む。

「だけど、これからどうしたら……」

今日のところは彼らは帰っていったが、約束の期限まではあと一週間しかない。今日はどういうわけか寛容《かんよう》な態度を見せた彼らが、次も同じであるとは思えない。――特に、茶髪の男の隣でじっとオーレリアを見ていたあの痩せた男の粘着質な視線を思い出すと、嫌悪感で身震いがした。

家を手放すか、身を売るか。

そんなの選べるわけがない。――だが、自分には家族がいる。今は空位だが、次期当主となることが決まっているリシャールにこの家を残すとなれば、選択肢はおのずと限られてくる。

――わたしさえ我慢すれば……。

「駄目だよ、オーレリア。自分を大切にするんだ」

思いつめた表情で気づいたのだろう、クレイグが言った。はっと彼を見れば、従兄はひどく苦しげな眼差しでオーレリアを見つめていた。

「僕は君たちを養うくらいの甲斐性はあるつもりだ。だから、自分の身を差し出そうなんて考えちゃいけない。僕が、君を……君たちを守るから」

「クレイグ……ありがとう」

従兄の思いにオーレリアの口から自然と感謝の言葉が出る。

「だけど、あなたのお世話になるわけにはいかないわ。リシャールのために、この家は何としてでも守らないといけないもの」

「だが、オーレリア……」

「銀行へ行って、お金を貸してくれないか訊いてみるわ。それに、他にどこか貸してくれそうな人を探して……」

「金額が大きすぎる。銀行もそんな金額を特別な繋《つな》がりのない君に簡単に貸してくれるとは思えない。知人を頼ったとしても同じだよ」

「じゃあどうすれば……」

途方に暮れるオーレリアに、クレイグも思案していたが、やがて「そういえば」とおもむろに呟いた。

「噂で、貴族だけに金を貸している伯爵がいると聞いたことがある」

「――貴族相手？」

「ああ。なんでも、かなりの高額でも条件次第で融通《ゆうずう》してくれるらしい」

どこまで本当か分からないが、とクレイグは呟く。だが、今のオーレリアにとって、先ほどの連中との関わりを切ることができるなら、願ったり叶ったりだった。

「クレイグ、わたしをその方に会わせて」

勢い込むオーレリアに、クレイグがやや驚いたように目を瞠る。

「本気かい？　貸してくれるかどうか分からないよ？　それに、もし貸してくれるとしても、条件はさっきの連中よりもさらに悪いかもしれない」

「ええ。だけど、話してみないことには、相手がどういう条件を出してくるかも分からないでしょう？　だから、わたしその人に直接会ってみたいの。お願いよ、クレイグ」

「まあ、確かに会ってみないことには分からないし……分かったよ。僕の知り合いが言っていたことだから、その人を通じて話をつけてみよう」

「ありがとうクレイグ。色々と迷惑を掛けてごめんなさい」

深々と頭を下げるオーレリアに、クレイグが苦笑する。

「何を言うんだ。元々は僕の父の責任だ。だから君は気にしなくていいんだよ。じゃあ、早速その知人にこれから会いに行ってくるよ。詳細が分かり次第、また連絡する」

時計にちらりと視線を落とすと、クレイグは善は急げと言わんばかりに慌ただしく屋敷を後にした。

誰もいなくなったサロンで、オーレリアはへたり込むように長椅子に腰を下ろす。

無意識のうちに深いため息が零《こぼ》れ落ちた。

「本当に、どうしたらいいの……」

伯父の失踪と、残された莫大な借金。突然の災難《さいなん》に、オーレリアはなすすべもなくひとり途方に暮れたのだった。

第三章　最悪の再会

『明日、ランバート邸で開かれる夜会で君に会いたいそうだ』

　その知らせが届いたのは、取り立て屋の男たちが訪れた翌日のことだった。クレイグは昨日オーレリアと別れた後すぐに知人を通して例の伯爵に掛け合ってくれたらしい。

　あまりにも急な話に、オーレリアは喜びよりも戸惑いを強く感じた。が、取り立て屋から与えられた猶予《ゆうよ》の時間を考えれば、むしろ好都合なのだと思い直す。

「分かったわ」

　急なことなので、ドレスはやむを得ず母のドレスを調整して使うことにした。母のものはできれば使いたくなかったが、オーレリアが持っているドレスは社交界デビューの夜に着たデビュタント用の白の一着しかなかったからだ。

　オーレリアが選んだのは、たっぷりと使われた高級なレースの白色と生地の深い蒼色とのコントラストが美しいデザインのドレスだった。肩と襟元が大きく開かれたデザインだが、首元にはネックレスの代わりにドレスと同じチュールレースを巻くことで、妖艶《ようえん》さよりも初々しさが引き立てられている。また、艶やかな黒髪も、仰々《ぎょうぎょう》しい宝石ではなく、リボンを編み込んで結ったことで、その印象をさらに強めていた。

お綺麗ですよ、と褒める侍女の声に促されるように、鏡の中に映る自分を見たオーレリアは、三か月前のことを思い出した。今さらのように、もしあの銀髪の男がいたらどうしようという心配が頭をもたげたが、出席すると決めた以上、今さら断ることもできない。できることなら、もう社交界には関わりたくないと思っていたのに、こうしてまた自ら赴《おもむ》くことになるとは、何とも皮肉なことだとオーレリアは嘆息した。

夕刻になり、クレイグが迎えに来た。彼の夜会服姿を初めて見ることに、オーレリアは気づく。クレイグもそれは同様だったようで、オーレリアに恭しく手を差し出しながら微笑んだ。

「とても綺麗だよ、オーレリア」

「……ありがとう」

なんとなく気恥ずかしくなり、オーレリアははにかんだ。

「じゃあ、行こうか」

「あ、ちょっと待って」

断ってから、オーレリアはサロンへと向かう。室内へ入ると、暖炉の前に敷いたラグの上に、淡い金髪の少年が背を向けて座っていた。膝《ひざ》を抱え込む姿が、小柄な彼の身体をより一層小さく見せている。

「リシャール」

声を掛けるが少年は振り向かない。オーレリアは苦笑し、彼の傍にゆっくりと歩み寄ると、もう一度彼の名を呼んだ。

「リシャール、お願いだから機嫌《きげん》を直して」

だが、その言葉にも彼は応えない。オーレリアは彼のすぐそばで跪《ひざまず》き、目線を合わせた。

「ごめんね、リシャール。ずっとかまってあげられなくて。今夜だって、本当はあなたと一緒にいたいのよ。だけど……」

「分かってる」

少年期特有の澄んだ声がオーレリアの言い訳を遮る。彼はまだ振り向かない。オーレリアには分かっていた。今こうして俯いている彼が、自分のわがままを必死に抑えようとしていることを。それを証拠に、オーレリアが黙って傍にいると、ややあって「ごめんなさい」と消え入りそうな声で謝ってきた。

「リアは忙しいって分かってる。今日の夜会も、大切な用があるんだって、フィンに聞いたから……」

だから仕方がないのだと彼は理解している。それでも、帰省してからこれまでなかなかふたりだけの時間をとれないでいることが、七歳の少年にとっては寂しいのだ。

リシャールは聡明《そうめい》な子だ。詳しい説明などしていないにもかかわらず、今回のオーレリアの帰省が、単に弟に会うためではないとおぼろげに理解している。

大好きな姉と一緒にいたいという願望と、だからこそ困らせたくないという理性のはざまで、リシャールが揺れている。それがたまらなくいじらしくて、オーレリアは彼の小さな身体を抱きしめた。

「我慢させてごめんね。だけど大切な用が全部終わったら、リシャールとずっと一緒にいるから」

「……ずっと？　ずっとって、ずぅっとってこと？」

その言葉と共に、リシャールが振り向いた。明るい翡翠色の双眸が期待と不安を半々に浮かべている。その目に映るオーレリアは柔らかく微笑んでいた。

「ええ、ずっと。リシャールが飽きるまで一緒にいる。だから、機嫌を直して？」

頷きながら応えれば、リシャールの不安の色はたちまち霧散《むさん》し、喜びの色に輝いた。

「飽きたりなんかしないよ。ぼく、リアのことが大好きだもの」

そう言って抱きついてくる細い身体をしっかりと抱きしめ返して、オーレリアも「わたしもよ」と応えた。

「いつ帰ってくるの？」

「分からないわ。話が長引けば遅くなると思うから、先に休んでて」

「……起きて待ってたら駄目？」

「駄目よ。夜更《よふ》かしした次の日は、いつも熱を出してるでしょう？　だから早く寝なきゃ」

「……はぁい」

不満そうにしながらも素直に返事をする表情がかわいらしくてたまらなかったが、それを言うとまたむくれてしまいそうだったので、オーレリアは込み上げる笑みを辛うじて噛み殺した。


「遅くなってごめんなさい」

サロンを後にしたオーレリアは玄関ホールで待っていたクレイグに謝ると、彼はにこやかに笑んだ。

「リシャールは平気かい？」

「ええ。何とか機嫌を直してくれたわ」

「それは良かった。じゃあ行こうか」

乗り込んだ馬車が走り始めてほどなく、オーレリアはこれから会う人物についてクレイグに訊ねた。

「今日の夜会の主人、ランバート伯爵が件《くだん》の貴族相手に金を貸している人物らしい」

「どういう方なの？」

「なんでも生粋《きっすい》の貴族ではなく、元々は豪商の生まれということだよ。商いで得た資産を活かして貴族相手に金を貸しているらしい」

「商家のご出身ということは、ご結婚をされて貴族に？」

「いや、伯はまだ独身だよ。確か今年二十六歳だったかな」

つまり金で爵位を手に入れたということか、とオーレリアは理解する。

貴族には二種類ある。それは生粋の貴族と、成り上がり貴族だ。前者は代々爵位を受け継いでいる、いわば純粋な貴族である。そして後者には二通りあり、ひとつが貴族ではない者が貴族の娘と結婚し、爵位を譲り受けることで貴族の仲間入りをする方法。もうひとつの手段が、国で管理されている空位の爵位を買うというものである。ただし、金で買った爵位は基本的に一代限りのものとされ、子どもに譲る場合は、再度王宮に購入時と同額の金を支払わなければならない。

つまり、元は豪商でまだ独身ということなら、ランバート伯という爵位は金で得た地位ということになるのだ。

しかし生粋の貴族と後天的にその地位を得た者とでは、同じ貴族ではあっても格に差があるとされ、特に由緒ある貴族家系の者たちは、彼らをあからさまに軽視する傾向にあった。『ランバート伯爵』という地位を得た青年もやはりそうなのだろうか、とオーレリアは素朴《そぼく》な疑問を抱いた。

「ランバート伯は、お金で爵位を得たことで、嫌な思いをしなかったのかしら……」

ぽつりと独り言《ご》つと、クレイグが頷いた。

「伯の場合は、彼に世話になっている者も多いからどうだろうね。思ってはいても口に出して言う人は少ないんじゃないかな。彼らは矜持《きょうじ》ばかり高いくせに、家計は火の車っていう場合は少なくないからね」

どこか呆れたようにクレイグは肩をすくめる。親の遺産に頼って自堕落《じだらく》に暮らす貴族は少なくない。享楽《きょうらく》的な生活を求めて湯水《ゆみず》のように金を使った挙げ句、枯渇《こかつ》した資金をどこから補うかといえば、その手段はおのずと限られてくる。

「いつ何時お世話になるか分からない、っていうことね」

「そういうこと」

できの良い生徒を褒めるようにクレイグはくすりと笑んだ。

「噂では彼の持つ土地には金や金剛《こんごう》石の鉱脈がいくつもあるらしいよ。彼の莫大な資産の源はそこなんだろうね」

「クレイグは伯には会ったことあるの？」

「昨日の昼頃に少しだけね。仕事の合間に会ってもらったからあまり込み入った話はできなかったけど、君のことを話したらいたく同情されて、是非一度会って直接話がしたい、と言われてね――ああ、そろそろつくよ」

従兄の声に顔を上げると、車窓から外灯に照らされた優美な外観のランバート邸が見えた。

「すごく大きなお屋敷ね……」

「売りに出されていた屋敷を買い取って修繕したらしい。元は侯爵邸だったらしいから、内装もかなり豪奢《ごうしゃ》だったよ」

「そうなの……」

呟いた声は、思った以上に小さく、車輪の音にかき消されてしまう。

ランバート伯爵は一体どういう人なのだろうか。クレイグの話からすると、それほど悪い人ではないようにオーレリアには思えた。

誠意を尽くして頼むしかない。それでだめなら——。

すべては今夜決まる。そう思うと、押し寄せる不安と緊張で、オーレリアは言いようのない胸苦しさを覚えるのだった。


屋敷には、既に大勢の招待客が到着していた。

クレイグのエスコートで屋敷へ入ったオーレリアは、華やかな世界に圧倒された。規模は王宮での舞踏会よりはさすがに劣るものの、会場の内装や招待客の顔ぶれなどは引けをとらないように見える。

「ようこそ、マクシミリアン様」

迎えた執事に頷いて、クレイグはオーレリアを中へと案内する。

招待客らの中にはクレイグの知人もいるらしく、時折親しげに挨拶を交わしている。その誰もが、隣に立つオーレリアに気づくと初めは驚き、次いで呆けたように見つめてきた。

何度かそのようなことがあった後、ふたりになったときにオーレリアは小声で訊ねた。

「わたしどこか変？」

「……いや、君は十分美しいよ」

「からかわないでよ。わたしは真剣に訊いているの」

「心外だな。僕はいたって真剣に答えてるよ」

それならどうして皆そんな驚いたように見るのだろう、とオーレリアは困惑する。

もしかして――と、オーレリアは先日友人たちが言っていたことを思い出した。

――ひょっとして、この紫の目はこの辺では見かけないから、それで珍しくて？

だからといって、そんなにじろじろ見なくてもいいのに。何気なしにあたりを見遣《みや》ると、それだけで数人の紳士と目が合い、一層困惑は深まった。

「まるで珍獣《ちんじゅう》になった気分だわ」

男たちの視線の意味が分からずに不満げに呟くオーレリアを、クレイグが何と言って説明したものかと苦笑する。

「君の自己評価が呆れるほど低いことは前々から感じていたけどね……」

「皆、あなたの美しさに見惚れているんですよ」

クレイグの言葉に続いて、軽い笑みを含んだ柔らかな声がすぐ後ろから聞こえた。

反射的に後ろを振り向き、声の主を視界にとらえた瞬間、オーレリアは呆然とした。

「ご挨拶が遅くなりました。この夜会の主催者ヴィクトール・ランバートです。今夜はようこそおいでくださいました」

「伯爵！　昨日は失礼いたしました。この度《たび》はお招きいただきありがとうございます」

「いえ、こちらこそ、突然お招きして逆にご迷惑でなかったかと心配していたのですよ」

ふたりの声を遠くに聞きながら、オーレリアは凍《こお》り付いたように動けないでいた。

――嘘、そんな。

どくどくと心臓が早鐘《はやがね》を打っている。

できることならもう二度と会いたくないと願っていたのに、どうしてよりによってこんな状況で。

「では、そちらのレディが――」

「ええ。従妹のオーレリアです」

深みのある青い目が、柔らかな笑みをたたえてオーレリアをまっすぐに捉える。

いつの間にか、オーレリアの脚は細かく震えていた。

彼のことはじっくりと見たわけではない。あの日、逃げるように王宮の一室から去る前にほんの数秒見ただけだった。

それでも見間違えるはずがなかった。これまでオーレリアが出会った人たちの中で、彼ほど美しい人を見たことがなかったから。

漆黒の夜会服に一際映える鮮《あざ》やかな銀髪と、あの夜、寝台に組み敷かれながら見上げていた銀色の輝きが重なる。

——やっぱり間違いない。

確信し、青ざめるオーレリアの胸のうちを読んだかのように、ランバート伯の笑みがわずかに深まる。

「ようこそ、ミス・クロフォード。あなたにお会いするのを楽しみにしていました」

甘く響くその声を、オーレリアはただ呆然と聞いていた——。

「クレイグ、やっぱり帰りましょう？」

「どうしたんだ、いきなり」

他の客への挨拶のためヴィクトールが立ち去った後、人目をはばかるように小声で囁いたオーレリアに、クレイグが意外そうに目を丸くした。

「伯が詳しい話は後でしようと言ってくれたじゃないか」

「だけど、わたしこんなの嫌だわ」

「嫌って……何が嫌なんだ」

あんなことをする人だ。まともにお金を貸してくれるはずがない。万一貸してくれたとしても、あの一夜を口実に、高い利息でも付けてくるに違いない。

「嫌なものは嫌なのよ」

頑なに嫌を繰り返すオーレリアに、クレイグが困惑を露《あら》わにする。

「オーレリア、一体どうしたんだ。子どもみたいなことを言って、君らしくもない」

「…………」

理由なんて言えるはずがない。けれど、帰りたい理由を作らないことには、クレイグは納得してくれそうもない。

「……ごめんなさい、子どもみたいなこと言って。その……、あまりに人が多くて人に酔ってしまったみたいなの。だから、今夜はもう帰りたいわ」

いかにもとってつけたような理由だったが、クレイグは「ああ、そういうことなのか」と心配そうに頷いた。

「しかし、こんなにいい話をこちらから断るのも……」

「ご気分がすぐれないのでしたら、別室でお休みになっては」

唐突に掛けられた声に驚いて振り返ると、給仕係の青年が気遣うようにオーレリアを見ていた。

「あ、いえ……」

もう帰らせていただくので結構です、とオーレリアが辞退するよりも先に、クレイグが答えた。

「ああ、助かるよ。――オーレリア、そうさせていただこう」

「えっ……ちょっ」

オーレリアは危うく抗議の声をあげそうになる。

「こちらへどうぞ」

オーレリアが戸惑っている間に給仕係は別室へと案内し始める。

これでは断れない。仕方なくオーレリアはクレイグと共に青年の後についていくことにした。

しかしその途中で、クレイグのもとに急の知らせが入った。彼の診療所に急患がやってきたというのだ。

「ああ、あの人か……このところ病状が不安定だったからな……」

その患者の容態はこのところずっとクレイグも気がかりだったようで、名を聞いた途端眉を顰めた。

「すぐに戻らないといけない。悪くなったら時間外でも診療所に来るように言っておいたのは僕だ」

「じゃあ、帰るのね？」

クレイグの患者には申し訳ないが、これで帰る口実ができた、とオーレリアはほっと安堵する。

しかしクレイグは難しい顔で黙り込んだ。

「クレイグ？」

「……しかし、このまま帰るわけには……」

「話はまた後日すればいいことじゃない」

オーレリアとしては、この機会を逃《のが》したくない。だが、クレイグは簡単に首を縦には振ろうとしなかった。

「そういうわけにはいかないよ。次にいつ伯が会ってくれるか分からないし、第一、頼む側が勝手に帰るなんて失礼だろう」

「それは……そうだけど……」

クレイグが言っていることは正しい。オーレリアは借金を申し込む側だ。そして、それを受けたヴィクトールは急な申し出にもかかわらず、夜会の場に招待してくれた。なのに、こちらの都合でろくに話もせずに「用ができたので帰ります」では礼儀知らずも甚《はなは》だしい。

「でも、クレイグ……」

クレイグの言っていることは頭では理解はできる。けれど、感情がそれを受け入れることを拒絶していた。オーレリアは彼とふたりきりになるのが怖かった。酔ったオーレリアを寝台に組み敷き、処女を奪うような男とふたりで会うなどとんでもない。だが、それをクレイグに正直に話すわけにもいかない。

そんなオーレリアの葛藤を、クレイグは違う意味に受け取ったようだ。

「すまない、オーレリア。父の不始末を息子の僕じゃなく君が背負うのは筋違いだ。そのことは本当に申し訳なく思っている」

「クレイグ」

「やはり君に責任を押し付けて僕だけ帰ろうなんて、虫が良すぎだ——僕も残って伯に会おう」

　クレイグは誤解している。彼は、オーレリアが自分をひとり残して帰ろうとしていることに対して腹を立てていると思っているのだ。

「わたし、会うわ」

　とっさに口をついて出た言葉に、直後に後悔する。だが、一度放たれた言葉はもう取り消せない。クレイグもまた、オーレリアが態度を変えたことに少なからず驚いているようだった。

「オーレリア、無理はしなくてもいい」

「無理なんてしてないわ。ごめんなさい、クレイグ。わたし気分が悪くて少し不安だっただけなの。だけどもう大丈夫。患者さんが待っているんでしょう？　ここはわたしひとりで平気だから。だから、クレイグは帰って」

「オーレリア……」

　無理に浮かべた笑顔ではあったが、精一杯の気持ちをクレイグは汲《く》みとってくれたようだ。実際、彼も他に手段がない以上、こうするしかないと妥協する部分もあったのだろう。

「すまない」

尚も迷うような眼差しでオーレリアを見ていたクレイグだったが、やがて嘆息まじりに謝罪の言葉を口にすると、急ぎその場を立ち去った。

「わたし夜会の会場に戻ります」

もう気分も良くなったから、と少し離れた場所でふたりを待っていた給仕係の青年に言うと、彼はにこやかに微笑んだ。

「いいえ、旦那様から元々部屋へご案内しておくよう、言付かっておりましたので」

「え？」

「どうぞ、こちらです」

「……あ、はい……」

こくりと頷いてオーレリアは青年についていく。階段を上がってすぐの部屋に案内された。

「こちらでお待ちください」

振り向いて会釈する青年の顔を見て、彼が思っていたよりもずっと若いことに気づく。

身長もオーレリアとさほど変わらず、もしかしたら自分よりも若いのかもしれないと思うと、オーレリアはそっけない態度を取っていた自分が恥ずかしくなった。

「案内してくださって、ありがとうございます」

後ろめたさもあって丁寧にお礼を言うと、逆に青年のほうが驚いていた。だが、すぐに元の柔らかな笑顔に戻ると「とんでもないことでございます」と腰を折った。

再び青年に促され、オーレリアは室内へと入った。

中には既に明かりが灯されていて、暖炉ではくべられた薪《まき》が赤々と燃えている。彼の言ったとおりあらかじめここに客人を迎えることが決まっていたようだ。

考えてみれば、金の貸し借りの話など人に聞かれたくはない。そういう意味では、こうやって離れたところに場所を設けてくれたのはありがたかった。

グリーンを基調とした室内は、装飾品も落ち着いた色彩でまとめられ、居心地の良い空間に仕上がっている。

給仕係が静かに退出し、ひとりになった途端、静寂《せいじゃく》があたりを支配した。にぎやかな笑い声や楽しげな音楽もここまでは届かない。分厚いカーテンを開けると、夜空には満月には程遠い痩せた月が、心細い光を放っていた。

こうやってひとりでいると、色々なことを思い出してしまう。同時に、クレイグにはあ言ったものの、今でもここにいることが正しいとはどうしても思えなかった。

落ち着かず、オーレリアは室内を見渡す。執務机や書棚、テーブルを挟んで置かれた長椅子など必要最低限の家具が置かれただけの広々とした室内は、寛ぐためのサロンというよりは、もっと実務的な部屋のように思えた。

ここは彼の書斎なのだろうか。そんなことを思っていると、部屋の右手にもうひとつ扉があることに気づいた。

今入ってきた扉より、幾分小さくシンプルな造りだ。どこへ繋がっているか気になったオーレリアは、かすかな好奇心と共にふたつの部屋を隔てる真鍮《しんちゅう》の取っ手に手を伸ばした。

カチリ。控えめな音と共に扉が開く。案内された部屋とは違い、そこは明かりがなく真っ暗だった。だが、次第に目が慣れてくるにつれ、その部屋がどういう部屋なのか理解した。

中央に、部屋の主であるかのように大きく立派な寝台がある。天蓋《てんがい》付きのそれは、ひとりで眠るにはあまりにも広く豪奢だ。

「……っ」

ここは――。考えたくもない想像が頭をよぎり、オーレリアは急いで扉を閉める。

何かを考えるより先に足が向かったのは、廊下へと繋がる扉。取っ手をひっつかみ、素早く開く。そのまま廊下に飛び出そうとしたオーレリアだったが、目の前に新たな壁が出現したことに驚いて、とっさに立ち止まった。

「やっぱり、また逃げ出すつもりだったね。早めに来て正解だったな」

「！」

見上げて息を呑む。

立ちふさがっていたのは、この屋敷の主ヴィクトール・ランバートだった。端麗すぎる美貌には、からかうような笑みが浮かんでいて、オーレリアは思わずむっとして言い返した。

「に、逃げ出したわけじゃありません。それに『また』ってどういう……」

「覚えてないの？」

ヴィクトールに気圧されるように、オーレリアはじりじりと後退する。彼もまたその後に続いて部屋に入り、後ろ手に扉を閉めた。鍵は掛けていないようだが、そのことを確認する余裕など、今のオーレリアにあるはずもなかった。

「酷い人だな。あの朝、僕をひとり残して帰ってしまったじゃないか」

「……っ、なっ」

さらりと告げられた忘れ去りたい過去に、オーレリアの白い頬にさっと赤みが差す。

「だから、今日も早く来ないと、また君が逃げてしまうんじゃないかと思って、早めに切り上げて来たんだけれど、やっぱり正解だったね」

「あ、あれは……っ」

「君から誘ってきたのに、朝になったらいないんだからね。がっかりしたよ」

「……は？」

なにそれ、とオーレリアは唖然《あぜん》とする。

「冗談言わないで、あれはあなたが無理やり……」

「それも覚えてないの？」

「覚えてないも何も、無理やりじゃなきゃ、ありえないわ。あんな……っ」

「ありえないって」

ひどいな、とヴィクトールは苦笑する。

「じゃあ、あの夜のことは全然記憶に残っていないと？」

覚えているのは断片的にだが、それだけで十分すぎた。

舞踏会が行われた翌朝、ヴィクトールよりも先に目が覚めたのはせめてもの救いだった。急いで床に散らばるドレスを身に着けると、オーレリアは逃げるように自分の屋敷へと帰った。王宮回廊を足早に歩いていた途中、侍女に出くわしたときは全身から冷や汗が噴き出したが、夜会の席——特に社交界デビューの夜はアルコールに慣れない令嬢が具合を悪くすることが少なくないため、侍女はオーレリアもそうしたひとりだと思ったらしい。

大丈夫ですかと気遣う侍女に、オーレリアは必死に平静を取り繕って礼を言うと、それ以上詮索《せんさく》される前に、用意された馬車に乗った。

屋敷へ戻ったオーレリアは、まだ少し疲れているからもう休むと言って部屋へ急ぐと、自室に備え付けられている浴槽《よくそう》に湯を張り、石鹸を泡立てた海綿《かいめん》で皮膚が擦り切れるほど洗った。けれど、どれほど洗っても男の手の感触は肌に残り続け、オーレリアを絶望させたのだった。

泣いてどうなるものではないと理性では分かっていても、涙が溢《あふ》れて止まらなかった。

あれから三か月が経つが、今でもオーレリアはあの日の自分の行動を悔《く》やみ続けている——。

忘れられるものなら、きれいさっぱり忘れてしまいたい。夢だったと思いたい。なのに、ふとした拍子《ひょうし》にあの濃密すぎる一夜が蘇り、オーレリアを苛《さいな》むのだ。

その当人からあの夜のことを訊かれて、冷静でいられるわけがない。

「そ……ッ、そんなの……」

オーレリアがあからさまに動揺してしまうと、ヴィクトールは口角を緩やかに釣り上げて満足げに微笑んだ。

「全部忘れたってわけじゃなさそうだね。それに、君がなんでそんなにもそっけないのかが分かった」

「え？」

ふうん、とヴィクトールは何事かを思案するように右手の人差し指と親指を顎《あご》に添える。そうした何気ないしぐさが様になっていて、思わず目を奪われてしまうのが憎らしい。

「――そうだ、いいことを思いついた」

にこりと笑んだ彼が視線をこちらに向けてきたので、オーレリアは慌てて目を逸らす。

「金は用意しよう」

「――え？」

「君が必要なだけ用意するよ」

唐突に話が本題に入り、オーレリアは呆気にとられる。

「え、……あの、本当に……？」

信じられないと耳を疑うオーレリアに、ヴィクトールは微笑んだまま頷く。

「ただし、条件がある」

「……条件？」

やはりそんなうまい話があるわけがない。どんな無理難題を吹っ掛けられるのだろう、とオーレリアは眉を顰めて身構えた。

「そんなに警戒しなくてもいいよ。たいして難しいことじゃないから」

胸のうちを読んだように言って、彼はその先を続けた。

「条件はひとつだけ。僕の恋人になること。――簡単だろう？」

「こい……？」

意外すぎる条件にオーレリアがまたぽかんとする。

「じょ」

「冗談じゃないよ。いたって本気」

にこにこと、何がそんなに楽しいのか理解に苦しむような爽やかな笑顔で、ヴィクトールはオーレリアの疑念を訂正する。

「君はお金が欲しい。僕は君が欲しい。――良い取引だと思わないか？」

「ちょっと待って、意味が分からないわ。いきなりそんなこと言われてもわたし――」

「ただし、ひと月以内に君があの夜、僕と交わした約束を思い出せれば君の勝ち。恋人の関係も白紙に戻すし、借金の返済も免除しよう」

「約束……？　もし思い出せなかったら？」

「そのときは当然僕と結婚してもらうよ。借金はそうだな、当初の契約どおり屋敷を売って返してもらえばいいよ。——簡単な話だ」

「……っ」

全然簡単な話ではない。こんなのはありえないとオーレリアは噛みつく。

「冗談じゃないわ。どうしてわたしがあなたなんかと……！　第一、どうしてわたしなの？　あなたなら、いくらだってお相手はいるでしょう？」

先ほどの夜会の席でも、彼に熱い眼差しを送る貴婦人たちがどれほどいたか。彼と話しているときの彼女たちはいずれも蕩けるような眸《ひとみ》で見つめていた。オーレリアもあの夜の出来事さえなかったら、純粋に彼を素敵だと思えただろう。けれど、既にオーレリアは知ってしまっている。彼が、見た目どおりの紳士ではないということを。

「君が言うとおり、身体を提供してくれるご婦人なら山ほどいるよ」

オーレリアの皮肉を否定するのかと思いきや、さらりと肯定するヴィクトールに、オーレリアは嫌悪感で眉を顰める。

「だけど、今、僕が欲しいのは君だ」

距離を詰められ、オーレリアはぎょっとして後ずさる。逃げても再び距離を縮められ、気づけば壁際に追いつめられていた。壁沿いに逃げようとしても、すかさず両側を彼の腕で塞がれ、完全に退路を断たれてしまう。

「ど、どうしてわたしなの……」

抗議しているはずなのに、情けないほど声が弱々しい。対するヴィクトールは、追いつめられた獲物のような彼女に嫣然《えんぜん》と微笑みかける。

「あの夜、君がそれを望んだからだよ、オーレリア」

「……わたしが？　意味が分からないわ。でたらめ言わないで」

「でたらめじゃない。だから、それを君が思い出せばいい。思い出せれば、すべて君の望むままにしよう。——悪い話じゃないと思うけど？」

それはそうだけど、とオーレリアは疑わしげに見上げる。

確かにあの夜の出来事を思い出すだけであの莫大な借金が帳消しになるなら、こんなにいい話はない。けれどこのまま彼の言いなりになるなんて我慢できない——。

揺れ動いていたオーレリアの双眸が、強い意志を持ってヴィクトールをまっすぐに見上げる。

「……他をあたるから結構よ。あなたの好きにされるなんて、まっぴらよ」

陥落《かんらく》寸前だったはずのオーレリアのこの反応は、彼にとって意外なものだったらしい。

ヴィクトールはわずかに目を瞠った後、「そう来るか」とおかしそうに笑った。

「分かったよ。じゃあ、僕は君が帰った後で、下に残っている客たちにこう言いふらすとしよう。——名家であるはずのクロフォード家は、実は借金まみれで首が回らないらしい。その証拠に娘が必死になって金策に駆けずり回っているよ——」

「な……っ」

ぎょっとするオーレリアに、ヴィクトールは妙案を思いついたように言い添える。

「こういうのもいいね。ラヴェルの才媛と謳われる君は、実は名前も知らない相手と一夜を共にするようなふしだらな娘だって。きっといろんな男が君に言い寄ってくると思うよ」

「やめて……！」

ぎゅっとオーレリアは身をこわばらせる。あからさまな脅迫《きょうはく》だ。

この賭けにのるという選択肢しか、君にはない。言外にそう告げられているのが分かった。

――その上で取引を持ちかけるなんて。

「……やっぱりあなた、卑怯だわ」

「とんでもない。欲しいものを手に入れるためには手段を選ばないだけだよ、オーレリア」

――それを卑怯と言うのよ。

あまたの女性を虜にするであろう稀有《けう》な美貌に満足げな微笑みが浮かぶ。その端麗な顔を、オーレリアは見惚れるどころかきつく睨みつける。

その怒りの眼差しを心地よさそうに受け止めながら、ヴィクトールはすっとオーレリアの顎に手を差しのべた。

「もう、異論はないみたいだね」

つい、と指先に顎が持ち上げられる。

「――キスのときは目を閉じるものだよ？」

「こんなの、キスじゃないもの」

そう言って突っぱねると、ヴィクトールが淡く笑んだ。

「それなら、契約の証《あかし》ということで」

緩やかに重なる唇を、オーレリアはただ黙って受け止める。

「契約成立。これから僕たちは恋人同士だ」

オーレリアにとって不本意すぎる彼との恋人関係は、こうして始まったのである――。

第四章　恋人の定義

恋人契約を結んだ翌日、ヴィクトールから屋敷へ来てほしいと連絡があった。伯父の借金を清算したことと、それに伴う契約の書類ができたので、確認の後、署名をしてもらいたいというのだ。

知らせを受けたとき、オーレリアはちょうど朝食を終えたところで、彼の行動の速さに驚いた。

本来ならば、それほどまでに迅速《じんそく》に動いてくれた彼にはどれほど感謝してもし足りないくらいだ。しかしこれまでの経緯もあって、素直にお礼を言う気になれなかった。

それでも会ったらありがとうの一言くらいは言わなくてはと心に決めて、オーレリアはランバート邸を訪れたのであるが——。

その決意もすっかり忘れてしまったかのように、彼の書斎に通された後、オーレリアは不機嫌を隠そうともせずに窓の外を見つめている——。

「面白いね」

いきなりそう切り出されて、オーレリアは何のことかと正面に座る青年へ怪訝な顔を向けた。

「日頃はすました優等生の顔をしてるくせに、僕の前だと露骨《ろこつ》に迷惑そうな顔をするんだね」

「だって、本当に迷惑ですもの。それに、わたしお邪魔でしたらすぐに帰りますけど」

十分ほど前のことである。執事に案内されて書斎へ向かったオーレリアは、部屋の中から女性の甲高い声が聞こえてきて足を止めた。

『そんな、納得できませんわ！』

その声に何事かとオーレリアが眉を顰めると、今度は女性の金切り声とは対照的な冷淡な声が耳に届いた。

『君が納得したかどうかなんて関係ない』

相手を宥《なだ》めるでもない低く淡々とした声。そして長い沈黙。

込み入った話でもしているのなら、一旦出直したほうがよいかもしれない、とオーレリアが踵を返そうとしたときだった。ドアが乱暴に開かれ、書斎から飛び出してきた女性と危うくぶつかりそうになった。

『あ、ごめんなさ……』

反射的に謝ろうとして、オーレリアは思わず口をつぐんだ。身なりからしていずこかの貴婦人だろう。オーレリアよりも幾分年上に見えるその女性は、目が合うなり険しい形相で睨みつけてきたのだ。

『この、泥棒猫！』

訳も分からずオーレリアが立ち尽くしていると、女性はまるで汚らわしいものから目を逸らすように顔を背け、そのまま足早に立ち去っていったのである。

嵐のような出来事に呆気にとられていると、しばらくして部屋の中からヴィクトールが姿を現した。

『やあ、来たね』

さっき部屋から聞こえてきたのとはまるで違う柔らかな声に、オーレリアは戸惑う。

『さっきの人は……』

『ああ、彼女のことは気にしなくていいよ』

『気にしなくていいって……』

先ほどの女性は、怒りで顔を歪《ゆが》めてはいたが、とても美しい容貌をしていた。

『まさか、今の人ってあなたの恋人？』

『僕の恋人は君だろう？　――さあ、入って』

かみ合わない返答と共に、室内に招き入れられる。だが、オーレリアは確信していた。あの女性はきっといつものようにヴィクトールのもとを訪れた。そして、唐突に別れ話を切り出されたのだろう。そうでなければ、オーレリアへのあのあからさまな敵意は考えられない。

「さっきの女性、きっとわたしのこともすごく怒っているわ」

「心配いらないよ。お互いに割り切って付き合っていたんだし」

「……あなたいつか絶対女性関係で痛い目を見るわよ」

「ご忠告感謝するよ」

オーレリアの嫌味まじりの忠告を、ヴィクトールはくすりと笑って受け流す。

きっと先ほどのような相手が他にもいるに違いないと思うと、つくづく厄介な男に捕まってしまったと、オーレリアはため息を漏らさずにはいられない。この男が早く自分に飽きてくれることを願うばかりだった。

しかし、ここにきてふと考える。彼は自分に恋人として一体何を求めているのだろうと。はっきり言って、今のオーレリアにヴィクトールへの好意など皆無である。

「今回のこと、あなたには本当に感謝しているわ。だけど、あらかじめ言っておくけど、わたしはあなたを喜ばせるようなことなんてできないわよ」

「僕を喜ばせる？」

「……わたし、あなたのこと嫌いだもの。だから恋人らしい態度はとれないわ」

「随分はっきり言うね」

釘を刺すつもりできっぱりと言い放ったオーレリアに対し、ヴィクトールは気分を害するどころか面白そうに口角を吊り上げた。

「つれないな。あの夜は、君のほうから僕が欲しいってあれほどかわいくねだってきたくせに」

「……っ、でたらめ言わないで！」

さらりととんでもないことを言われてぎょっとするオーレリアを、ヴィクトールは余裕の表情で眺めている。しかしオーレリアはあることを思い出して冷静さを取り戻した。

「そんなの嘘だわ」

「どうして？」

「あの夜はわたし、気を失っていたのだもの。それに少しお酒も飲んでいたし」

そうなのだ。あの夜オーレリアは、ロアークに薬を飲まされ気を失っていた。そんな状態でどうやってこの男を誘惑できたというのだろう。

「だから、あなたが言っていることは嘘に決まっているわ」

「ふうん？　じゃあ、君は酔った勢いで見ず知らずの相手を誘惑したっていうことか」

「……っ、違うって言ってるでしょう！」

どう言っても、相手のいいようにとられてしまう。だが、彼の言った「見ず知らず」という言葉で、オーレリアは思い出したことがあった。

「そうよ。どうしてあなたなの」

「何だって？」

「どうして、一緒にいたのがあなたなの？　わたしがあの夜話していた相手は、あなたじゃなかったわ。――なのに、目が覚めたら……。それってどういうこと？　あなた、あの人の知り合いなの？」

それなら、ヴィクトールは共犯者だ。だがそれにしては、目覚めたときにロアークが一緒にいなかったことが気にかかる。先に帰ったのか、あるいは仲間割れでもしたのか。

「それを教えたら、賭けにならないだろう？」

ヒントはないよ、とヴィクトールににこやかにかわされて、オーレリアはむっと眉根を寄せた。

「どうして？　知られたら困ることだから話そうとしないだけなんでしょう？　卑怯だわ、女相手に薬を使っておいて、そのくせ善人面をして恩を売ろうだなんて」

「善人面はしてないよ。この状況を最大限利用させてもらってはいるけどね。――ああ、そうだ。僕の名誉のためにひとつだけ教えてあげよう。僕はひとりの女性を複数で抱くような趣味はないよ」

「……は？」

「複数で抱いたら、女性がどちらの愛撫に感じているのか分からないし、何より自分以外の男の唾液がついた肌には触れたくないからね」

「……なっ」

露骨な表現にオーレリアの頬がさっと赤くなる。

「そういうわけで、君には僕しか触れていないから安心していいよ」

——安心って。

もはや答える気力もなくして、オーレリアはぷいと窓へと顔を向ける。

「君は、表向きの顔と素の顔は随分違うようだね」

「……何？」

唐突にそんなことを言われて、オーレリアはいぶかるようにヴィクトールを見る。相変わらず呆れるほどの美貌だと思った。顔の造作のどこをとっても非の打ちようがない。形の良い眉、すっきりとした切れ長の双眸、すらりとした鼻梁《びりょう》、柔らかな笑みをたたえた薄い唇。それらが絶妙の配置で滑らかな輪郭の中に収まっている。

本人も認めているとおり、女性には事欠かないのも頷ける。それなら、最初から取り巻きの中から選べばいいのに。わざわざこんな面倒なことをして、何が楽しいのかオーレリアには全然分からない。

「そんな不機嫌そうな顔、他の誰かに見せたことなんてないだろう？」

くすくすと笑いながら指摘されたことは事実だが、オーレリアは返答に困る。下手に答えたらまた何と言われるか分からない。

「僕としては、一日でも早く君のかわいい笑顔を見たいけれど、今の不機嫌な顔も嫌いじゃないから構わないよ」

「………………」

さらに言葉に詰まる。困惑しているのが伝わったのだろう。ヴィクトールは小さく笑って「ああ、そうだった」と呟くと、おもむろに執務机へと向かった。

机上から一枚の紙を取り上げる。

「今日はこれを君に渡そうと思っていたんだ」

それは借用書だった。金額や、貸借の詳しい内容、返済期限などが記されてあり、最後の名前の記入欄だけが空白になっていた。

読んで間違いがなければ名前を記入するようにと言われて、オーレリアは頷く。長椅子へ腰かけて内容を読み、最後に名前を書いて返すと、ヴィクトールは机上からもう一枚の紙を取り上げた。それを手に戻ってきてオーレリアの隣へ並んで座る。

「金は僕の従者に直接相手のところへ持っていかせた。君が返しに行くよりもそのほうが安全だと思ったからね。これが君の伯父さんの借用書だ」

差し出されたもう一枚の書類。その一番下に、伯父の筆跡で名前が記されてあった。やはり本当に伯父は借金をしていたのだと分かり、改めて衝撃を覚える。

「……ありがとう……」

複雑な心境で書類を受け取る。家に帰ったら燃やしてしまおうと思いながら、バッグにしまう。

「じゃあ、わたしはこれで帰るわ」

用事は済んだのだからと、オーレリアは長椅子から立ち上がろうとする。だが、彼がオーレリアを囲むように両手をついたことで、身動きがとれなくなってしまった。

「な……っ、なにするの」

「もう帰るつもり?」

間近から囁かれて、ぎくりとして目を瞠る。

「だ、って、用事ならもう……」

「本当に君はつれないな。用がなくても一緒にいるのが恋人だろう?」

「だからって、何もこんな……」

じりじりと背もたれを伝って身体が下がっていく。傾いていく分ヴィクトールが身を寄せてくるから、気がつけばオーレリアは長椅子の上に横たわってしまっていた。

身体の両脇に手をついたまま、ヴィクトールは楽しそうに見下ろしている。

「自分から誘ってくるなんて、随分積極的だね」

「あ、あなたが迫ってくるからよ。どいてちょうだい」

焦《あせ》りながら彼の腕に手を当てて追いやろうとするが、その手を摑まれて長椅子に押し付けられる。反対の手で抵抗しようとすれば、両手をひとまとめにされ頭の上で押さえられてしまった。

その上で、ヴィクトールは自らのタイをほどいて襟から引き抜くと、手際よくオーレリアの両手を縛《しば》りあげる。呆れるほど手慣れた手技に、オーレリアはあっけなく自由を奪われてしまった。

「ほ、ほどいて!」

「似合ってるよ」

――そういう問題じゃないでしょう！

こんな状況でにこやかに褒められても嬉しくない。憮然《ぶぜん》としたオーレリアがさらに抗議しようとすると、覆《おお》いかぶさっていたヴィクトールがおもむろに身を起こす。そうして身動きできないオーレリアを軽々と抱き抱えると、出入り口とは違うもうひとつの扉へ向かって歩き始めた。

オーレリアはその扉の先が何の部屋かを知っている。初めてこの屋敷に来た日、ヴィクトールを待つ間に見てしまったからだ。天蓋付きの大きな寝台。大人が三人は余裕で眠れそうなほど立派なそれは、きっと彼がひとりで眠るためのものではない。

「いやよ、そっちは……！」

「ん？　こっちに何があるか知ってるの？」

「……そ、それは……」

途端にオーレリアは口ごもる。彼のいない間に部屋の中を勝手に見て回っていたなんてとても言えない。

「あのとき、やたらと慌てていたから大方そうだろうとは思っていたんだ」

すっかりばれていたのだと彼の言葉で気づかされ、オーレリアは気まずさに目を逸らした。

「君は色々と面白いね。見た目こそ絵に描いたような深窓の令嬢なのに、ふたを開けてみたら意外性ばかりだ」

「よ、余計なお世話よ。わたしはあなたの好きなお淑やかな女じゃないの」

くやしまぎれにオーレリアが憎まれ口を叩くと、ヴィクトールはさも楽しげに笑った。

諦め悪く下ろしてと抵抗するオーレリアを抱き上げたまま、ヴィクトールは器用に扉を開けて中へ入る。そうして寝台にオーレリアを下ろしざま、天蓋の柱にタイの端を結びつけた。その上で自らは襟元を緩めると、身動きできないオーレリアに覆いかぶさる。

「ね、ねえ、冗談はやめて」

「まさか。僕はいたって本気だよ。それに、君だってこうなることを承知で僕の恋人になったんだろう？」

「承知してないわよ！　第一、あのときは受け入れざるを得ない状況だったじゃない！」

「そうだったかな？　僕は君に条件を提示して、どうするか訊いただけだよ」

「な……っ」

あまりにも身勝手な言い分に呆気にとられれば、その隙《すき》に襟元のリボンがほどかれる。

「やめてっ」

ヴィクトールの手から逃れようと、オーレリアは大きく身体を捩《よじ》る。

「こ、こんなの間違ってるわ」

「結婚もしていないのに、相手に身体を許すことが？」

その言い方に軽い揶揄《やゆ》が含まれていることに気づき、オーレリアはむっと眉根を寄せた。

既にオーレリアはヴィクトールに一度身体を許している。そのことを指摘されているのは分かっていたが、だからといってこのままなし崩しに身を任せるなど冗談ではなかった。

「そうよ。特にあなたなんて絶対に嫌」

「随分きっぱり言ってくれるね」

拒絶されているにもかかわらずなぜか楽しそうなヴィクトールに、オーレリアは苛立つ。

「世の女性たちがみんな君のように貞操《ていそう》観念が強ければいいんだけどね」

苦笑まじりに言って、ヴィクトールは肩をすくめた。

「実際のところ、貴族の娘が結婚まで処女を守っているなんて、ほとんど奇跡に近いんだよ」

「嘘よ、そんな」

「嘘じゃない。望まない相手との結婚に絶望するご令嬢方から、初夜を迎える前にせめて一度でいいから抱いてほしいと頼まれることはこれまでにも何度もあったからね」

「……そんなことしたら、結婚できなくなるじゃない」

「平気だよ。破瓜《はか》のときに必ずしも出血するとは限らないし、挿入時に大げさに痛がってみせれば、大抵の相手は騙《だま》される。中には、輿入《こしい》れ前に破瓜の演出用に血の入った小袋を持たされる令嬢もいるらしいし。奔放《ほんぽう》な娘を持つと親は苦労するよね」

罪悪感など微塵も覚えていないかのようなヴィクトールのあっけらかんとした態度にオーレリアは唖然とする。古来より、貴族社会では未婚の娘の処女性は重要視されてきた。

結婚前に処女を喪《うしな》えば傷物として扱われ、まともな相手との縁談は望めなくなるのが、世間一般の常識だ。

そのことをオーレリアが言うと、ヴィクトールは皮肉っぽく笑った。

「そんなの、建前だよ。いくらきれいごとを言ったところで、政略結婚が当たり前の貴族の結婚で、迎えた花嫁が処女なんて面倒なだけだろう？　それなら破瓜の痛みに顔を歪められるより、事前に処女を散らしてある程度慣れておいてくれたほうが、お互いに楽しめるってことさ」

「さ、最低だわ……！」

「最低って」

くす、とヴィクトールは笑うと「ああそうだ」と思い出したように呟いた。

「昨夜、君が早々に帰った後、たくさんの紳士から君のことを訊かれてね。あの美人は一体どこのご令嬢か、是非紹介してもらいたいと熱心に頼まれたんだよ」

「……………？」

一体この男は何を言おうとしているのだろうか。怪訝そうに眉を顰めるオーレリアの困惑を感じとったのか、ヴィクトールは言い添える。

「だからね、ちょうどいいから言っておいたんだ。『彼女は僕の恋人で、近く婚約する予定です』ってね。多分、数日の内に王都中に知れ渡るんじゃないかな」

「……え……？」

ぽかんと口を開いたままオーレリアはしばし呆ける。

彼の言った台詞《せりふ》を頭の中で理解するに従い、その顔が今度は驚愕《きょうがく》に変わった。

「なっ、なんてこと言うのよ！　そんなことしたら……！」

たとえオーレリアが賭けに勝って、ヴィクトールから解放されたとしても、婚約破棄をしたという噂が広まって醜聞《しゅうぶん》になってしまう。そんなことくらい、ヴィクトールは当然分かっているはずなのに。

訳が分からない。百歩譲って彼がクロフォード家の名前目当てであったとして、それでもこんなことをしてまで手に入れるほどの爵位とはお世辞《せじ》にも言いがたい。

ならばなぜ、彼はこれほどまでにオーレリアとの結婚にこだわるのだろう。

「こんなことをして、あなたに一体何の得があるのよ……」

「何度も言ってるだろう？　僕は君が欲しい。たとえどんな手を使ってもね」

にこやかに言い切る内容は、あまりにも身勝手だ。

「卑怯にもほどがあるわ。わたしは絶対に嫌よ」

「わがままだね、君は。だけど残念ながら、君が望む望まないにかかわらず、既に僕たちは深い仲だと思われているんだよ。少なくとも、昨日来ていた出席者たちは、僕たちが清らかな関係だとは思ってない。——こんなことをする間柄だとは思っていてもね」

するり、と彼の手がスカートの裾から滑り込む。

「やっ、やめ……」

撫で上げる手は、躊躇《ちゅうちょ》なくオーレリアのほっそりとした下肢《かし》を太腿《ふともも》まで露わにしてしまう。

「だめ、それ以上は……！」

「じゃあ、ここまではいいってこと？」

「そ、そういう意味じゃ……！」

揚《あ》げ足をとられ、オーレリアが思わず言葉に詰まると、その隙に下腹部まですっかりスカートを上げられてしまった。

「やめて！」

身を捩ってもがくが、力強い腕に拘束されては逃げられるはずもない。さらに内腿に滑り込んだ手が徐々に下肢の付け根に向かうに従い、オーレリアの焦燥《しょうそう》は強くなっていく。

「やめて、やめてってば、触らないで！」

「じゃあ、どちらがいいか選ばせてあげるよ」

「え……？」

「このまま下着を脱がされて君の恥ずかしいところを触られるか、それとも僕とキスするか。――どちらがいい？」

――何それ！

ありえない選択肢にオーレリアが目を瞠ると、抵抗がやんでいたその隙に、指先は下着の縁にたどり着いてしまった。

「や……ッ、だめ……！」

どれほど抗っても、力では敵わないと悟ったオーレリアは、縋《すが》るようにヴィクトールを見上げる。

「そんなかわいい顔で見つめられたら、すぐにでも抱いてしまうよ？」

「……っ」

滑る指先は、そのままオーレリアの下着のリボンに触れた。するり、と引きほどかれていく感覚に、彼が本気で行為に及ぼうとしているのだと悟り、オーレリアは悲鳴のような声をあげた。

「ま、待って！　き……っ、キスにして！」

「キス？　僕にキスしてほしいの？」

そんなわけないでしょう、と怒鳴りそうになりながらも、逃げ場のないオーレリアは頷くしかない。

「え、ええ」

そちらのほうがまだ我慢できる、と内心で付け加える。その声が聞こえたかのように、ヴィクトールが愉悦混じりの笑みを浮かべると、じゃあ、と言った。

「口を開けて舌を出して」

「……え？　な……っ」

その意図することが以前友人たちが話していた『深い口づけ』のことだと思い出した瞬

間、オーレリアはあからさまに動揺した。

「何を恥ずかしがってるんだ。あの夜もしただろう？　初めてとは思えないほど上手だったよ」

「……ぅ、嘘……」

「ほら、早くしないと僕も気が長いほうじゃない」

もう片方の下着のリボンが引きほどかれる。さらに脚の間に膝を割り入れられてしまい、オーレリアはいよいよ追いつめられてしまった。

「わ、分かったから、お願い……っ」

「君にお願いなんて言われると、ぞくぞくするね」

あなたが言わせたんでしょう！　と心の中で毒《どく》づいて、オーレリアは仕方なく唇をそっと開く。

「もっと開いて、そう、そのまま舌を出して」

言われるがまま、もう少しだけ口を開き、おずおずと舌を覗かせる。

「ああいいね。すごくいやらしい顔だ」

くすりと、ヴィクトールは口角を吊り上げる。その淫靡《いんび》な微笑みにオーレリアの羞恥心が煽《あお》られる。

なんてことをしているんだろう。こんなことをしてはいけないと分かっているのに、彼に言われるがままこんなはしたないことをしているなんて。

そんなオーレリアの懊悩《おうのう》を読んだかのように、彼はことさらゆっくりと身を伏せていく。彼のつけている香水の香りだろうか、すっきりとした甘さがオーレリアの鼻腔《びくう》をふわりとくすぐった。

始まりは、そっと触れるだけの柔らかな重なりだった。だが、その重なりが完全にほどかれることはなく、キスはすぐに深いものへと変わった。

「……っ、ふ、ぁっ……」

差し込まれた彼の舌が、オーレリアのそれにねっとりと絡《から》みつく。オーレリアさえ知らない部分に触れる舌は、巧みに彼女の官能を揺さぶり、身体から抵抗する力を奪っていく。

――どうして……っ。

嫌々受け入れた口づけのはずなのに、それを嫌と思えないことに、オーレリアは混乱していた。

時折漏れる自分の声が、恥ずかしいほど甘ったるいことが分かっているのに、どうしても止められない。上顎が彼の舌先にくすぐられるたび、全身から力が抜けて、腰の奥がじんと痺れて切ないような感じになってしまう。

「んっ、ふぁ、ゃ……っ」

こんなことをされていたら、頭がおかしくなってしまう。既に意識は半ば《なか》薄れかけていて、オーレリアはだらしなく口を開いたまま、ヴィクトールにされるがままになっていた。

オーレリアの身体から徐々に力が抜けていくことに気づいたヴィクトールは、再び右手を彼女の内腿に滑らせた。

下着の中へと滑り込む手を止める暇《ひま》はなかった。

「ぁあっ……っ」

強い刺激にびく、とオーレリアの身体が震えた。彼の指が、オーレリアの秘所をなぞっている。指の腹が割れ目を上下するたび、信じられないほどの快感が全身を貫《つらぬ》く。

身体が燃えるように熱い。身体が彼の愛撫に勝手に反応して、悲鳴じみた嬌声《きょうせい》が口から溢れてしまう。

「いやあっ、あっ、あぁっ、嘘つき……っ、さわらなぃ……って……」

「嘘なんてついてない。僕はどちらがいいか選ばせてあげただけで、その後に何もしないとは一言も言ってない」

快楽に悶《もだ》えるオーレリアを間近に見下ろしながら、ヴィクトールは楽しげに答える。

「そんな……あんな、ふ……に、言われたら、誰だって……っ、やっ、いやあ……っ」

「すごい濡れようだね。とても嫌がっている人の反応とは思えないよ」

「……っ」

くちくちと聞こえる粘着質な音に、自分の身体がどんなに淫らであるかを思い知らされる。指は止まることなく責め続け、オーレリアは確実に追いつめられていく。

淫音と共に走る痺れるような快楽に耐えきれない。

何かが身体の奥底で膨《ふく》らんでいる。彼が触れるたび、それが息を吹き込まれる風船のように膨らんでいくのが分かる。しぼむことのないその感覚が、やがて限界を超えたとき、一体どうなってしまうのか。

「おねが……も、やめ……っ」

怖い、とオーレリアはヴィクトールに縋った。込み上げる感情に涙腺が緩み、紫水晶が深みを帯びて艶やかに濡れていく。

ひとしずくの涙が、鮮やかに赤く色づいた滑らかな頬を滑り落ちた。

その様子を上からじっと見ていたヴィクトールが、ふと手を止める。

やめてくれるの……？　と期待して見上げれば、ヴィクトールはとても優しげに微笑んでいた。

「駄目だよ、オーレリア。君の泣き顔は僕には逆効果だ」

「……えっ」

濡れた目じりに彼が口づける。思わず目を閉じてしまった彼女の耳に、信じられないような声が届いた。

「君の泣き顔は、たまらなく僕を煽る。だから、そんな顔をされると、余計に泣かせたくなるんだ」

「……し、信じられな……っ、あぁっ！」

再開された愛撫に身体がしなる。先ほどよりも執拗《しつよう》になった動きと共に、膝の間に割り入れられていた彼の脚によって、太腿が大きく開かされる。さらには彼の左手で右膝の裏を摑まれて高く押し上げられざま、辛うじて肌を覆っていた下着を脱がされてしまい、オーレリアは悲鳴をあげた。

「……やだ、こんな、いやあっ！」

恥ずかしさで真っ赤になりながら、オーレリアはかぶりを振った。それなのに、彼はオーレリアの秘めるべき場所に視線を注ぎながら、ご丁寧にその感想まで口にした。

「あの夜も思ったけど、本当に薄いね。こうしてると、まるでいたいけな子どもに悪戯をしているみたいで、おかしな気分になりそうだよ」

「な……ッ、ばか、離してよっ、この変態、色魔《しきま》！」

どれだけ罵詈雑言《ばりぞうごん》を並べ立てようともヴィクトールの楽しげな表情も、秘所を嬲《なぶ》る手の動きも緩まることはない。

「ラヴェルのマリアと謳われているとは思えない口の悪さだね。啼《な》き声はとてもかわいいのに」

言われている意味を考える余裕など、オーレリアにはもはや残っていなかった。

「離して、はな……っ、やだ、あ……！」

それまで谷間をなぞるだけだった指が、蜜壷へと差し込まれる。異物を受け入れる違和感に、オーレリアは思わず息を吞んだ。

しかし緩やかに抽送が始められると、違和感はたちまち消え去り、代わりに再びあの感覚が湧き上がり始めて、オーレリアはいやいやと首を振る。

「やだ……っ、いやぁ」

「嫌って言いながら、ここはすごく嬉しそうだよ。僕の指にうねりながら吸い付いてくる」

彼が抽送するたび、聞きたくもないみだらな音が嫌でも聞こえてしまう。それと同時にどうしようもなく感じてしまう自分の身体に、彼の言葉が嘘ではないのだと思い知らされる。

「身体は素直だね。あのとき僕が教えた快感をちゃんと覚えてる。ほらここ」

大好きだったよねと言いながら、彼の指が濡れた膣の一点をなぞると、封じられた深淵《しんえん》から解き放たれるように強い快感が込み上げてきて、オーレリアを高く喘がせた。

「やあっ、こんなの……っ、っああ、あぁっ……！」

——こんなの嘘よ。こんなこと……！

こんなことあってはならないのに。彼に身体を好きにされて、それだけでも屈辱だというのに、その上こんなに気持ちがいいなんて。そんなことが認められるわけがない。

快楽に呑まれそうになりながらも、オーレリアは理性を手放すまいと必死に耐える。

そんなオーレリアの反応を面白がるように、ヴィクトールは彼女の膝をさらにぐいと押し上げると、わずかに浮いた下肢のつけ根へ顔を寄せた。

「ひああっ」

ぬるりとした生暖かい感触と共に、鋭い刺激が秘芯から起こり、オーレリアは悲鳴をあげた。何が起きたのか訳が分からずに、顔を上げてそこを見たオーレリアは仰天した。彼が、あろうことか自分の恥ずかしいところを舐《な》めていたのだ。

お願いやめて、そう言いたいのに、口から迸《ほとばし》る嬌声がそれを阻《はば》む。それをいいことに、ヴィクトールはじゅぷじゅぷと卑猥《ひわい》な音を立てて指を抽送させながら、オーレリアの秘芯に舌を絡めていく。ちろちろとくすぐり、ねっとりと押しつぶしては悪戯に吸い上げる。その間断のない外と中からの刺激に、オーレリアは気が狂いそうになる。

「ひあっ、ああっ、あぁっ」

息が苦しい。頭の芯がじんと痺れて訳が分からなくなる。涙がとめどなく溢れて頬を濡らしていく。

誰かが甲高い声で何か叫んでいる。それが、自分の嬌声だと気づかぬまま、オーレリアは艶やかな音色を奏で続けた。

「おねが……ゃ……あっ、あ……！」

身体が理性を裏切って昇りつめていく。何かが迫りくるようなこの感覚を、オーレリアは覚えていた。

「いいよ、このままいって」

オーレリアの秘芯を苛んでいたヴィクトールは、オーレリアが達しそうなことに気づくと、蜜壷を犯している指をくの字に曲げて、彼女が先ほど強く反応した部分を集中的に擦り始める。途端、オーレリアは悲鳴をあげて腰を跳ね上げた。

「ああっ、そこ、だめぇ……っ」

逃れようともがく身体をヴィクトールに難なく押さえ込まれ、それまでの愛撫で硬く立ち上がっている秘芯の根元を甘く嚙まれる。そうして溢れる蜜ごと一気に強く吸い上げられれば、痛みを超えた快楽に、オーレリアの内部で膨れ上がっていたものが勢いよくはじけた。

「あぁ――……っ」

身体が電気を流されたように大きくしなる。一気に白くなる視界に呑み込まれながら、オーレリアは消え入りそうな悲鳴をあげていた。

やがて絶頂の波が引くと、身体は指の先まで弛緩《しかん》しきっていた。くたりと寝台に身を投げ出したままぼんやりと天井《てんじょう》を見上げていると、身を伏せてきた男の端麗すぎる美貌がオーレリアの視界に入った。

――なぜこの人は、わたしにこだわるのだろう。この人ならどんな女性でも思いのままだろうに。

「どうして……わたしなの……」

「――君が、僕を選んだんだよ、オーレリア」

その囁きに、目じりに溜まっていた涙が零れ落ちる。

「……おぼえて、ないもの……そんなこと……」

「だったら、思い出せばいい。これから一か月かけて――」

妖艶さのにじむ微笑みを浮かべた唇に、ゆっくりと口づけられる。

「ふ、ぁ……」

唇を重ねたまま、彼はオーレリアの胸元へ手を滑らせると、襟から腹部までを留めているボタンを外していく。その意図に気づき、オーレリアは弱々しくもがいた。けれど、そんなささやかな抵抗が彼の手を阻むことなどできるはずもなく、あっけなくドレスが脱がされてしまう。さらにコルセットの紐《ひも》がほどかれ、薄いシュミーズごと奪い去られてしまえば、オーレリアの肌を隠すものは何もなくなってしまった。

一糸纏わぬ姿が彼の目に晒される。その途方もない恥辱《ちじょく》に全身が火照《ほて》り、急速に呼吸が乱れていく。

「見ないで……！」

しかも、ヴィクトールのほうは襟元を緩めているだけで、未だ服を着たままという状況が、オーレリアをより惨めな気持ちにさせる。

「北方の血を引いていると聞いているけど、本当に白いね」

「……っ」

「白い肌がもてはやされるからって、妙な薬を使ったり、必要以上におしろいを塗りたくるご婦人が多くてうんざりするが、君の肌は真実白くて美しい。まるで雪のようだ」

オーレリアの肌は際立って白い。王都と比べて日照時間《にっしょうじかん》が短い北方では、紫の双眸に加えて、白い肌を持つ者が多い。実際北方の血を引く母もそうだったから、オーレリアの肌の白さは遺伝なのだろう。女学院の友人からどうしたらそんなに白くて綺麗な肌になれるのと羨ましがられたこともある。だがその分、陽に対する抵抗力が弱く、夏の暑い日に少しでも日光に当たるとひどく赤くなってしまう。焼かないようにしないといけないから面倒なのよ、とあまり得はないのだと強調してみたが、それでも友人たちはそんな悩み持ってみたいわと重ねて羨ましがっていた。しかし、なぜこの男がそのことを知っているのか。

だが、そんなことをのんびりと考えている余裕はなかった。既にヴィクトールの目は、肌の白さよりも、オーレリアの女らしい曲線へと向かっていた。

「それに華奢な割には、随分いやらしい身体つきをしているし——」

「あっ……」

彼の右の手のひらが、オーレリアの腹部を撫で上げ、乳房を下から掬い上げるように包み込む。ことさらにゆっくり揉《も》み込まれると、抑えようのない快感が湧き上がってきて、オーレリアは悩ましげに眉を寄せた。その、無意識の媚態《びたい》がヴィクトールを挑発しているとも知らずに。

「あ、ぁっ、や……んんっ」

食らいつくように口づけられ、荒々しく乳房を揉みしだかれる。思うがままに形を歪めながら、時折その先端を悪戯に摘まれると、鋭い快感にオーレリアの喉が甘く鳴った。

「んぅっ、ん、……やめ……っ」

唇を解放した彼の唇が、オーレリアの顎から首筋から鎖骨へと下っていき、もっと啼けと言わんばかりに手で触れていないほうの乳首が口内に含まれる。ざらりとした舌に飴玉を転がすように弄《もてあそ》ばれ、柔肌に押し込むように先端をいじられると、腰の奥に再びあの疼くような熱が込み上げてくるのが分かった。

「かわいいね。真っ赤になってる。もっと食べてほしいってねだっているみたいだね」

「そんなこと……っ、ふあっ」

唾液を纏って卑猥な艶を帯びたそこを再び深く咥《くわ》え込まれ、彼の舌に弄ばれる。硬くしこる果実は彼の愛撫を受けるほどに感度を増していく。執拗に愛されるそこが次第にじくじくと疼くような痛み帯び始めると、それは快感となって子宮に伝わり、雄を誘う甘い蜜を溢れさせてしまう。それが淫らな身体なのだと証明しているようでいたたまれず、オーレリアは無意識のうちに太腿をすり合わせていた。

けれどそのせいで、オーレリアの身体の昂ぶりをヴィクトールに知られてしまう。

「ああごめん、そっちが寂しかったんだね」

「ちが……っ、あぁんっ」

止める間もなく、彼の指がしとどに濡れた秘所へと沈み込む。

「すごいね、漏らしたみたいになってる。そんなに気持ちよかったの？」

「いやぁっ、ああっ、それ……だめぇっ」

ぬるぬると亀裂《きれつ》を上下にまさぐられながら同時に胸を刺激されると、オーレリアはたまらずに甘ったるい嬌声をあげた。

「本当に君は、かわいい顔をしていやらしいね。こんなにはしたなく乱れる君が、つい最近まで処女だったなんて、きっと誰も信じないよ」

からかうように囁く声に、羞恥心を煽られる。せめてもの抵抗にとヴィクトールの手を挟み込むようにして震える下肢を強く閉じるが、「何、それで抵抗してるつもり？」と楽しそうな声が返ってきた。

「……こんなの、ひどすぎる……」

「酷いのは君だろう？　あんなに求めてきたくせに、翌朝にはあっさり僕を忘れているんだから」

「だから、そんなこと知らな――、っんぅ」

それ以上の拒絶を遮るように、唇が塞がれる。唇を割って侵入した彼の舌に、身体同様に熱を帯びた粘膜《ねんまく》が蹂躙《じゅうりん》され、逃げ遅れた舌が捕らえられてしまう。

「んっ、ん、んんぅっ、ふ、ぁあ……っ」

ほどこされる愛撫はあまりにも巧みで、オーレリアは懸命に抗うも、快楽に不慣れな身体からはたちまち力が抜けていく。

やがてされるがままになってしまうと、ヴィクトールの指が秘所への愛撫を再開した。長い指をぬかるみの中へと埋め、内部を探るように蠢かせる。抜き出しては押し込むたび、ぐちゅりとはしたない蜜音が立ち、そのたびに容赦なくオーレリアを辱める。

「やだ、ゃ……っ」

顔を背けようとしても、すぐに追いかけられて塞がれてしまう。身を捩って逃れようとしても、脚の間に膝を割り入れられてまた大きく開かれてしまい、却って彼を受け入れやすくされてしまう。

蜜壷を犯しながら、ヴィクトールの舌が逃げ惑うオーレリアを追いつめる。掬い上げて絡めとり、オーレリアが抑えきれずに甘い声を漏らしてしまうところを執拗に責め立てる。キスに意識をとられそうになると、見透かしたように膣内のざらついた部分を擦られて、不意打ちの鋭い快感にオーレリアは腰を跳ね上げた。

「あっ、ん……は……あぁっ……」

熱を帯びた寝室の中、オーレリアの甘ったるい吐息と、蜜をかき混ぜる淫靡な水音が響きわたる。

苦しくてたまらない。幼い頃から女学院という閉鎖的な環境で育ったオーレリアは、キスはおろか恋さえしたことがない。それなのに、一方的に与えられる口づけは、初心《うぶ》なオーレリアには濃厚すぎて、どうすればいいのか分からない。

長すぎる口づけに、息苦しさに堪えかねて口内に溜まる唾液を無意識に飲み下すと、ご褒美のようにほんの少しだけ唇が浮かされた。けれど、空気を取り込む間もなく再び始まる濃厚な口づけに、オーレリアはただただ翻弄される。

もう、どちらから音がしているのかなんて分かるはずもなく――。

「んっ、んぅっ、ん、ん……っ！」

高まる熱は膨らみ続け、やがて限界を迎えてその熱の塊がはじけた瞬間、オーレリアはヴィクトールの口内に悲鳴を呑み込まれながら再び達した。

ようやく腕を縛る拘束が解かれても、もうオーレリアには抗うだけの気力は残っていなかった。身体が自分のものではないようで、ひどくけだるい。立て続けに果てたせいか意識がかすむ。なのに不思議なほど神経は過敏になっていて、彼が身を動かしたときに起きたわずかな空気の揺らぎさえ、肌は敏感に感じとっていた。

耳に届くのは、かすかな衣擦れの音。

その音がどこから聞こえるのかとぼんやりと考えていると、投げ出したままの膝が割り開かれ、未だ絶頂の余韻でひくひくと震えているそこに、何か硬いものが押し当てられるのを感じた。

膣口を覆う程の大きさのそれは、滑らかでありながらひどく熱い。

――何……？

確かめようと目を向けた先にあったもの。それが、今まさにオーレリアの中に押し入らんとしている彼自身だと気づいた瞬間、かすんでいた意識が一気に晴れた。

「ひっ……」

初めて見る、しかも興奮しきって怒張している状態の男性器を目の当たりにして、恐怖で血の気が引いていく。

ここに至るまで、ヴィクトールがオーレリアに対してあからさまな欲望を見せることはなかった。さらに言うなら、端麗な美貌の持ち主であるヴィクトールの身体に、これほど淫猥な存在があること自体、このときまでオーレリアは思い至らなかったのである。

それが今、美しい顔には不釣り合いなほどにあからさまな欲望をたたえてオーレリアを食らわんとしている。そのことに、オーレリアは心から恐怖を感じていた。

「い、いやっ……！　助けて……！」

なりふり構わず脚をばたつかせ、空を掻《か》くようにして身を捩ると、震える四肢を叱咤《しった》して寝台を這うようにして逃げる。

けれど数歩も行かないうちに柔らかな香りと共に背中からふわりと覆いかぶさられ、オーレリアはびくりと身をこわばらせた。

「自分からお尻を振って誘ってくるなんて、随分積極的だね」

耳元で甘く囁かれる声にぞっとする。

「ち、ちが……」

誘ってなんかいない。そんなことしてない。そう言って否定しようとしても喉がこわばってうまく声が出ない。

「それなら、お望みどおり後ろから入れてあげる」

「ひ……っ」

腰を抱かれ、恥部に再び硬いものが押し当てられる。蜜を絡めるように割れ目をぬるぬると這うそれが何かなど、今さら確かめるまでもなかった。

「い、いや、許して、いや……あぁぁっ……!!」

涙を散らしながら懇願しても、腰を抱く手が緩められることはなくそれどころかより強く抱き寄せられた直後、それは強烈な圧迫感を伴いながら、さながら凶器のような獰猛さでオーレリアの身の内に割り入り、無防備な隘路を征服した。

「あ、あ……っ」

狭い膣の中が彼のもので埋め尽くされている。圧迫感が強すぎて、息が苦しい。

けれど、それよりもショックだったのは、彼の剛直を受け入れたにもかかわらず、まるで痛みを感じなかったことだ。それどころか――。

ふらつきそうになる腰を支えるように摑まれ、彼の昂ぶりがゆるゆると前後し始める。

「い、いやっ、……ッあぁっ、あぁっ」

背中がぞくりと粟立った。

充血した粘膜を彼の欲望に摩擦されるたび、そこから信じがたい感覚が湧き上がる。意志とは裏腹にあられもない声をあげてしまいながら、オーレリアは混乱していた。

――嘘、うそよ、こんな……っ。

さらに子宮の入り口を小突くように刺激されると、湧き上がる感覚はさらに強められてしまい、繰り返される甘い責めにオーレリアはなすすべもなく翻弄される。

「やだっ、ああっ、あぁっ、やっ、あ、あぁんっ」

すべてを否定するようにかぶりを振るオーレリアの耳朶に少し息を乱した艶やかな声が

触れた。

「やっぱり、君は身体のほうが素直だ。あの夜も、こうやって奥を突いてあげると、よがりながらもっととねだっていたよ」

「う、嘘よ、そんな……ッあぁんっ」

突然、無防備だった乳房に快感が走り、オーレリアは背をしならせた。彼の手が下から掬い上げるように二つのふくらみを揉みしだいている。揉まれながら指先に硬く張りつめた先端を捉えて押しつぶされてしまうと、痛いほどの刺激にもかかわらず甘ったるい嬌声をあげてしまう。

「あっ、あ、も……やめっ、ああっ」

このまま続けられたら、訳の分からないことを口走りそうだった。

全身が燃えるように熱い。息が苦しくて、気が遠くなる。

快感が強すぎて、何も考えられなくなってしまう——。

「はあっ、ああっ、あぁっ、あぁんっ」

「すごいな、君の中が絡みついてくる……」

穿《うが》ちながら、熱っぽい吐息と共にヴィクトールが囁く。

打ち込まれるたび、愛液が泡立ついやらしい音が響く。止まらない抽送に次第に身体が追いつめられ、絶頂へと向けて上りつめていくのが分かる。

「やあっ、も……許して、ゆるしてぇ……ッ」

与えられる熱は容赦なくオーレリアを苛み、内側から加速度的に膨らんでいく。やがて限界を迎えた身体がわななくと、オーレリアは悲鳴じみた嬌声をあげた。

全身から力が抜け、身体を支えていられずにその場にくずおれそうになる。だが、寝台に伏せてしまう前に彼の手に強引に仰向けにされ、抵抗する間もなく膝裏を尻が浮くほど高く押し上げられる。彼がこの行為をまだ続けるのだと気づいて、オーレリアは青ざめた。

「い、いや、いやよ、もうやめて、お願い……！」

「駄目だよ、オーレリア。もっと君が欲しい」

甘い声で下される残酷な宣告に、オーレリアの青みを帯びた紫の双眸がみるみる潤んでいく。

「おねが……、も……やぁっ……」

弱々しくかぶりを振っても彼がその手を止めることはない。そうして、未だ絶頂に打ち震える身体に熱い杭を穿たれる衝撃に、オーレリアは声さえ出せずに身をのけぞらせた。

すぐさま始まる律動に、全てが白く塗りつぶされていく。

「ああっ、は……あぁっ、あぁ……ッ」

頭の芯がぼうっとして何も考えられない。

もう、自分が何を言っているのかさえ分からない。苦痛に泣き喘いでいるのか、拒絶の言葉を叫んでいるのか、それとも歓喜によがり啼いているのか。

穿たれる熱があつくて、その熱がやがてオーレリア自身をも侵蝕《しんしょく》し、このまま焼き尽くされそうな錯覚に襲われる。

「君は、あの日のことをなかったことにしようとしているけれど――」

溶かされていく意識の中、熱い息の下で彼が呟くのが聞こえた。

「そんなことは許さない」

「ひ……っ、あぁッ」

抽送に合わせて揺れる双乳をわしづかみにされて、荒々しく揉みしだかれる。張りつめた先端を根元から扱き上げられ、吸い付いた唇に強く吸い上げられれば、与えられる刺激は乱暴ですらあるのに、そのどれにもオーレリアは過剰なほどに反応してしまう。

溺れそうな快楽の海の中、必死にもがくオーレリアを、ヴィクトールは容赦なく責め立てながら、けれどその激しさとは裏腹な静かな声で囁く。

「今度は逃がさない」

乳房を愛撫しながら、一方の手が滑り下り、卑猥に立ち上がっている花芯を嬲る。

「ひぁああっ！　やっ、いやぁっ……！」

鋭い衝撃に腰が跳ね上がる。その、さながら拷問のような凶暴な快感に抗う術《すべ》はなく、涙の粒を散らしながらオーレリアは啼き狂う。

やがて大きかった律動が次第に小刻みな動きへと変わっていき、昂ぶりの先端は膣壁ではなく集中的に子宮を揺さぶり始める。そこから迸る快感は既に何度も絶頂を迎えているオーレリアには強すぎて、ひと突きごとに身体どころか魂までもが浚われてしまいそうな感覚に陥《おちい》る。

「あっ、あっ、やだ……ああっ……」

雪色の肌を鮮やかに上気させて、オーレリアは泣きながらひたすら濡れた艶声をあげ続ける。

そんな彼女の乱れるさまを見つめたまま、ヴィクトールはぽつりと呟いた。

その声は、ひどく小さくて、既に意識のほとんどを快楽に呑まれているオーレリアの耳に届くことはなかった。

「……ッ、あぁ――……っ！」

もう幾度目か、再び訪れた限界に身体が弓なりにしなり、下肢がびくびくと痙攣《けいれん》を起こす。急速に押し寄せてくる睡魔に誘われるままに、オーレリアは目を閉じた。

「眠るのは早いよ。まだ僕が終わってない」

だが、完全に意識が闇に落ちる寸前、再び始められる愛撫に、オーレリアの眠りは妨げられる。

「やだ……もう、や……あっ、あ……」

未だ埋められたままの彼の昂ぶりが、再び緩やかな抽送を始め、オーレリアに強制的な快楽を強いる。――その後、何度絶頂を迎えても、彼はオーレリアを解放しようとはしなかった。

「こうしていると、まるで本当に女神を穢《けが》しているような気がするよ」

行為の最中《さなか》、そんなことを囁かれたような気がするが、それがもう現実なのか判別できないほどに意識は溶かされていた。

逃れられない快楽の中、オーレリアに許されたことは、彼の望むままに甘く啼き、艶やかに泣き続けることだけだった——。

目が覚めたとき、あたりはすっかり暗くなっていて、空には下弦の月がのぼり、淡い光を放っていた。

ひどく身体がだるい。全身が鉛のように重くて、瞬きをすることさえ億劫《おっくう》に思えた。

緩慢《かんまん》に顔を傾け、窓越しに外の景色を見ようとして、オーレリアは唐突にここが自分の部屋だと気づいた。一体いつの間に帰ってきたのだろう。

「気がついたようだね」

「……っ、あなた……」

ベッドの傍らに腰かけている優美な姿を認めて、オーレリアはぎくりとする。反射的に身を起こしたものの、今の自分が夜着姿であることに気づくと、慌ててそばに置いてあったガウンを羽織《はお》る。

「どうしてあなたがここにいるのよ」

「どうしても何も、愛しい恋人の具合が悪くなったから屋敷へ送り届けて、目が覚めるのを待っていたんだよ」

しれっと嘯《うそぶ》く端麗な美貌を、オーレリアは眉根を寄せて睨む。

「よく平然とここにいられるわね……あんな卑劣な真似をしておいて」

「卑劣って」

ヴィクトールが形の良い唇に笑みを刻む。

「その割には何回もいってたし、随分気持ちよさそうだったよね？」

「そ、そんなわけ……ッ」

かっと頬を紅潮させて言い返しかけたとき、部屋の扉が開く気配を感じた。はっと口をつぐんだ直後、耳慣れた澄んだ声がオーレリアを呼んだ。

「リア！　目が覚めたの？」

駆け寄ってくる愛らしい姿が視界に入り、オーレリアの表情が自然とやわらぐ。

「リシャール……」

「気分が悪くなったって……大丈夫？」

「え、ええ、もう平気よ。……心配かけてごめんなさいね」

気分が悪くなったというのは、ヴィクトールが勝手に言ったことだろうと分かっていたが、どのみち事実は口が裂けても言えないので、あえて訂正はしなかった。

「びっくりしたよ。だって、やっと帰ってきたと思ったら、リア、ぐったりして抱き抱えられてるんだもの」

興奮気味にまくしたてる弟の言葉に、オーレリアはぎょっとする。

「あ、あなたが……運んだの？」

「当然だろう？　大切な君を他の男に運ばせるはずがない」

「………………」

そうしてくれたほうがずっとましよ、とオーレリアが苦々しく呟くと、しっかり聞きとめていたヴィクトールがふっと小さく笑った。

そんなふたりの様子を見比べていたリシャールが、不思議そうに小首を傾げた。

「ねえリア」

ちらりとヴィクトールに視線を向けながら問いかけるような表情をしている弟に、オーレリアは彼が何を言いたいのか察した。

「この方はランバート伯よ。昨日お世話になったから、今日はお礼を言いに伺っていたの」

「え？　ランバート伯はリアの恋人なんでしょ？」

驚いたように訊かれてオーレリアは唖然とした。

「……え？」

「昨日の夜会でゆっくり話せなかったから、会いに行ったんでしょう？」

――なに、それってまさか……。

はっと我に返り、オーレリアはヴィクトールに声をひそめて詰問した。

「あなた弟に一体何を言ったのよ」

「何をって、ここに君を連れてきたときに彼に自己紹介したんだよ。君のお姉さんとは結婚を前提にお付き合いをしているってね」

「ちょっと……！　そんな勝手なこと言わないでよ」

「勝手ではないさ。僕は最初からそう君に言っているはずだよ」

「だ、だけどあれは……」

「ふうん？　じゃあ、君は……」

わざとらしくそこで言葉を区切ると、オーレリアの耳元に口を近づける。

「結婚するつもりもない相手と、二度もあんなことしたの？　――それなら、君は随分と貞操観念がとぼしい令嬢ということになるね」

「……っ、卑怯よ……！」

キッと睨みつけ、オーレリアはヴィクトールを批難する。そんなオーレリアに対し、ヴィクトールは腹立たしいほど爽やかに微笑んだ。

「僕からリシャールに言わないほうがよかった？」

「…………いいえ」

きり、と唇をきつく噛んで絞り出すようにオーレリアは答える。心の中では卑怯者、とヴィクトールをなじりながら。

――わたしがあくまで受け入れようとしないからって、弟を利用するなんて――。

「リア？」

どうしたの？　とリシャールが覗き込んでくる。

「ううん、何でもないの。伯のおっしゃるとおりよ。リシャールに内緒にしていたのは、まだ……その、お、お付き合いし始めたばかりだから……あなたに言うのは早いと思ったからなの」

言いたくもない台詞を言わなくてはならない葛藤で、顔がひきつりそうになる。

「黙っていてごめんなさいね、リシャール」

「ううん、いいよ。だってぼく嬉しいから」

「嬉しいって？」

すねられるかと思ったが、意外にもぱっと笑顔になった弟に、オーレリアは困惑も露わに問いかける。

「だって、ランバート伯ってすごくかっこいいんだもの。みんながね、王子さまみたいって言ってたよ」

「ヴィクトールでいいよ、リシャール。それと褒めてくれてありがとう」

興奮気味にまくしたてる様子から、リシャールが本当にそう思っているのが分かり、オーレリアは苦々しい思いに駆られる。さらにそれを完璧な笑顔で受け止めるヴィクトールに対しても、苛立ちが募る。

――これじゃあこの人の思う壺じゃない。

それが分かっているのに、否定することができない状況に追い込まれてしまっている以上、オーレリアにはもうどうすることもできない。

リシャールをオーレリアは何よりも大切にしているから。その彼をどんなことであれ、傷つけるようなことは、姉である彼女にはできないのだ。

そのことを、なぜこの男が知っているのか――。

――卑怯者……！

名前で呼ぶ許可をもらったことで、リシャールがさらに嬉しそうにヴィクトールになついている。そのいつになく明るい表情に、彼が姉とヴィクトールの関係を喜んでいることが伝わってきて、オーレリアはいよいよ身動きがとれなくなっていた。

――最初からこれが目的だったんだわ。純粋なリシャールを自分に取り込むことが、彼がここへ来た本当の――。

気づいたときには既に遅く、すべてはヴィクトールのもくろみどおりとなっていたのである。

第五章　表と裏の顔

オーレリアがヴィクトールと賭けを始めて十日余りが過ぎた。

ふたりの関係は、ヴィクトールが予言したとおり、王都中に瞬《また》く間に知れ渡った。

ヴィクトールに誘われて仕方なく夜会へ出かければ、嫉妬《しっと》ややっかみのまじった視線が痛いほど突き刺さる。聞こえよがしの嫌味や視線だけならまだましなほうで、ヴィクトールが席を外している間に面と向かって皮肉られることも珍しくなかった。

彼との関係自体が不本意だというのに、賭けをしているために否定することができないこの状況は、彼女を心底辟易《へきえき》させた。

「君は今や王都一の有名人だね」

オーレリアの部屋で長椅子に腰かけ、長い脚を優雅に組んだヴィクトールが、憮然とする彼女を眺めながら楽しげに評する。

「冗談じゃないわ。賭けのために仕方なく恋人のふりをしているだけなのに、どうしてわたしがあなたの取り巻きの方々にねちねち嫌味を言われないといけないのよ」

「取り巻きって」

　オーレリアの露骨な皮肉に、ヴィクトールが肩をすくめて苦笑する。

「それにわたし調べたのよ。あなた、随分と女癖が悪いみたいね。なんでも、来る者拒まずっていうじゃない。そんなの最低だわ。しかもわたしもその女のひとりだって言われているのよ。どうせ伯に遊ばれてるだけよ、って」

　しかもそういう台詞が出ること自体、彼女らもヴィクトールが女に対して誠実ではないことを承知しているのだ。それなのに彼を求める意味がオーレリアにはまるで理解できない。

「あなたの手癖が悪いせいで、わたしまでいい迷惑だわ」

「へえ？　嫉妬してるの？」

　苦々しくなじったつもりが、逆に面白そうに訊き返されてしまい、オーレリアは白い頬を紅潮させた。

「違うわよ！　軽蔑《けいべつ》しているの。そんな誰でもなんて、ふ……ふしだらだわ」

「それじゃあ、お願いだから抱いてって、泣きながら縋《すが》ってくるかわいいレディの願いを叶えることも、君の言うふしだらにあてはまるの？」

「……っ、し、知らないわよ！」

　それが暗に自分のことを指しているのだと気づき、オーレリアはかっとなる。

「断ってあげたほうが相手のためだって思わなかったの？　泣いて頼まれたからって安易《あんい》に受け入れるなんて、そんなの最低だわ」

ぷいとそっぽを向いて逃げるようにドアのほうへと向かうが、ノブに手が触れるより先に追いつかれて彼の腕の中に囚われてしまう。

「ちょっ……、やめて」

「君は都合が悪くなるとすぐに逃げ出すからね」

扉と自分の身体で挟み込むようにしてオーレリアを動けないようにしたうえで、ヴィクトールは彼女の耳元に囁いた。

「それに、ひとつ訂正しておくけど、僕は女の涙にはそそられない」

「で、でも泣きながら縋ってって……だから、願いを叶えたって、あなた言ったじゃない」

言いながら自分で恥ずかしくなる。あの夜、本当にそんなことをしたのだろうか。――そんなはずはない、とオーレリアは浮かんだ懸念を否定する。

「それは君だったからだよ、オーレリア。だから、君以外の女に泣かれても断ってるよ」

「う、嘘よ、そんなの。じゃあ、あのとき何があったのか教えて」

「何度も言うけど、それは君が自分で思い出さないと賭けにならないだろう？」

さらりと受け流すと、ヴィクトールはオーレリアのスカート越しのふくらみを撫でた。

「……ッ、なにするのよ！」

「何って。君が早く思い出せるように手伝ってるんだよ」

「や、やめて、何考えてるのよ、こんなところで」

尻の丸みをねっとりと這いまわる手の動きに、彼の意図を嫌でも感じとってしまい、オーレリアは身を捩って抗う。

だが、そんな抵抗をものともせず、オーレリアの腰を抱いていた手が、ドレスの前面を留めている金具を外していく。留め金をすべて外され上衣の前合わせがはだけてしまうと、彼は両手で胸当て《スタマッカー》ごと引き剝《は》ぐように彼女の肩から脱がせた。

「いやっ……！」

なおも彼の手は、オーレリアを拘束したまま、彼女の腰を覆うスカート部分の留め具を外していく。

ぷつりと留め具が外れる音と共に、自らの重みでドレスが床へと落ちてしまえば、オーレリアの雪白の肌を隠すものは薄いシュミーズとコルセットだけになってしまった。

さらに彼の手が、コルセットの紐をほどきにかかる。

「いやぁっ、お願いだから、やめて……ッ」

「ほら、大きな声をあげると外に聞こえるよ。——それとも、君の恥ずかしい姿をリシャールに見せたいの？」

その台詞に、オーレリアははっとしたように口をつぐんだ。リシャールは今、向かいの学習室を兼ねた書庫で家庭教師からの授業を受けている。

小一時間ほど前に訪れたヴィクトールを、姉とは正反対にリシャールは歓待《かんたい》した。だが、幸か不幸かちょうど授業の時間と重なっていたため、リシャールは仕方なく書庫へと戻ったのである。絶対帰らないでね、授業が終わるまで待っててねと言い置いて。

「そう、いい子だね。そのまま大人しくしておいで」

からかいまじりに囁かれて、オーレリアは悔しさで唇を噛む。

紐がすべてほどかれ、意味をなさなくなったコルセットが床へと落ちてしまうと、震えながらドアに縋り付くオーレリアの細い下肢を、彼の手がするりと撫でた。

「ゃ……っ」

「かわいいね。さっきまではあんなに悪態をついていたくせに、今はまるで小鹿のように怯えて」

くすりと笑う声と共に、無防備な首筋に唇が押し当てられる。

「ぁ……ッ」

薄い肌を、彼の唇がゆっくりとなぞっていく。柔らかく口づけられるたび、甘い疼きに抑えきれない吐息が漏れる。

「いい香りがするね。何かつけてるの？」

耳朶に彼の吐息が触れて、悪寒とは違う感覚が背中を走る。そんなところでしゃべらないでと言いたかったが、言ったところでこの男を喜ばせるだけだと分かっていたから、オーレリアは眉根を寄せて耐えるしかなかった。それをどう受け止めたのか、ヴィクトールが「ねえ」と催促する。

「答えられないの？」

「つ、つけてない……」

「ふうん？　じゃあ、これは君の匂いか。甘い花のような……いいね、すごくそそられる」

腰を抱いていた手が滑り上がってふくらみを包み、緩やかに動き始める。

「ふぁっ……ンッ」

オーレリアは漏れそうになってしまった嬌声を堪えるために、とっさにドアについていた手を唇に押し当てた。

薄布越しのふくらみが、彼の手の中で卑猥に歪められている。

円を描くようにゆったりと揉んでいたかと思えば、不意打ちに指先に乳首を摘まれ、まるで声を出せと言わんばかりの甘い責め苦に、堪えた喉の奥から震えた喘ぎが漏れてしまう。

「あ、ぁ……ッ」

オーレリアが胸と首筋への愛撫に気を取られているうちに、右手が胸から腹部を伝って下肢へと降りていき、シュミーズの裾から滑り込む。滑らかに撫で上げる手が、躊躇《ためら》うことなく下着の両側についている紐をほどくと、腰を覆う下着はただの布きれとなって床へと落ちていった。

恥部を覆うものを奪われてしまい、再びそこへと彼の手が向かうのを感じて、オーレリアは腰を捩って抗う。

「やだ、いや……ッ」

「もう濡れているから、触られるのが恥ずかしい？」

シュミーズの下の素肌をまさぐりながらヴィクトールに悪戯っぽく囁かれ、オーレリアは図星を指された動揺で、慌てたようにかぶりを振った。

「……ち、ちが……ッ」

「じゃあ、確かめてみよう」

「……っ、だめ……！」

後ろから内腿へ滑り込んだ手が、オーレリアの無防備な秘唇に触れる。

束の間の沈黙の後、首筋に触れている唇越しに、彼が小さく笑う気配を感じた。

「濡れすぎ」

「……ッ」

かあ、と頬が熱を帯びる。

「そんなに気持ちが良かったの？」

「そ、そんなわけ……ッ」

「じゃあ、どうしてここはこんなに濡れてるの」

「あっ、ぁ……ッ」

意地悪く囁きながら、彼の手がゆるゆるとなぞるから、そのたびにびりびりと快感が迸り腰が砕けそうになってしまう。

指先が悪戯に花芯に触れるたび、一際強い刺激が突き抜け、オーレリアは背をしならせた。

「……ぁっ、いやぁ……っ」

「リシャールが部屋の向こうで勉強しているって思うと、余計興奮する？」

「そんなわけ、な……っ、あっ、ぁっ、あぁっ」

この状況で弟の名を出されたことで、オーレリアはあたかも目の前にリシャールがいるような錯覚に陥る。そのせいで一気に跳ね上がった感度に頭がついていけず、じんと痺れてくらくらする。

――駄目、声が出ちゃう……！

深い快楽に身体から力が抜けていき、どんなに堪えても、喉を突いて甘ったるい声が出てしまう。

「あ、ぁ……ッ、だめ、声、でちゃ、あ……ッ」

責め苛まれる身体が、オーレリアの意思とは裏腹に昇りつめていく――その、寸前。

「……っ？」

はあはあ、と荒い息を吐きながら、オーレリアは全身を苛んでいた快楽が突然消えたことに戸惑った。

「……きゃっ!?」

しかし安堵する間もなく、不意に抱き上げられる。

「さすがに、扉越しだと君のあられもない声が聞こえてしまうからね」

そう言いながら、ヴィクトールは部屋の奥にある寝台へと足早に向かった。そうしてオーレリアを寝台の上に下ろすと、自身も荒々しく彼女の上にのしかかる。

「いや……ッ！」

「扉越しほどじゃなくても、大声を出したら外に聞こえるよ」

「……っ、卑怯者……！」

きつく睨みつけるオーレリアの眼差しに、さも楽しげにヴィクトールはにっこりと笑って応える。

「君を大人しくさせるには、これが一番効果的だからね」

「や……ッ」

もがくオーレリアの両手を、ヴィクトールはひとまとめにして頭上に縫い留める。さらに割り入れた膝で彼女の下肢を大きく開かせると、空いている手で素早くトラウザーズを緩めた。その動作で、次に彼が何をしようとしているのか悟り、オーレリアは目を瞠ってさらに暴れた。

「いやっ、いや……！　いやぁっ」

どんなにもがいても、押さえつける力が緩むことはなく、やがて割り開かれた下肢の付け根、しとどに濡れる淫らな園にぴたりと彼の昂ぶりが押し当てられる。その直後、一気に奥まで突き立てられると、先ほどまでの愛撫で高められていた身体が、燻《くすぶ》っていた熱ごとたちまち昇りつめた。

「ぁ……っ、ぁ……」

「すごい、絡みついてくる。……もしかして、挿《い》れただけでいったの？」

ヴィクトール自身もまた、何かを堪えるように秀麗な眉を顰めている。

常にも増して艶やかさを増した美貌に、オーレリアは思わず目を奪われる。だが、彼に見惚れる余裕もなく始められた律動が、未だ余韻から覚めやらぬオーレリアを、容赦なく快楽の渦《うず》へと引きずり戻した。

「はあっ、あっ、あぁっ……！」

抜き差しされるたびに、甘ったるい嬌声が勝手に溢れてしまう。

規則的な律動を続けながら、ヴィクトールはオーレリアの胸元に手を伸ばす。シュミーズの細い肩ひもは、彼が軽く引っ張っただけであっけなく引きちぎれる。そうして胸元を隠す薄い布を引き下げると、彼の突き上げに合わせて淫靡に揺れる白い乳房が彼の目に晒された。

雪色の肌の中、一際鮮やかに色づいている果実がひどく卑猥で、ヴィクトールはオーレリアを穿《うが》ちながら身を伏せる。

「ひぁんっ」

突然胸の先端が生温かいものに包まれて、オーレリアは高く喘いだ。口内に含まれた乳首が彼の舌に弄《もてあそ》ばれている。そうされながら反対の胸を揉みしだかれてしまうと、両方の胸に与えられる異なる快感に、オーレリアは次第に追いつめられていく――。

「あっ、あ……っ、だめ……ッ」

息が苦しい。水もないのに溺れてしまいそうだった。

「あの夜のこと……、少しは思い出せた？」

熱い息の下、彼がどこか余裕のない声で問いかけてくる。

その声に茫洋《ぼうよう》としかけた意識の中で見上げると、陽の光を受けて鮮やかに煌めく銀色の髪が視界に広がった。

――この光景を、わたしは覚えている。あの夜もこうして抱かれながら、銀色の輝きを見つめていた。

優しい声で名前を呼ばれながら、何度も果てを見た。

だけど、どうしてそうなったのか。それはいくら考えても思い出せない。

「しら……ない……あっ、ああっ」

オーレリアが弱々しくかぶりを振れば、ヴィクトールは困ったように笑った。

「本当に残酷な人だね君は。一体どうしたら、あの夜のことを思い出すのかな」

「だったら、あなたが教えてくれれば、いいじゃない……ッ」

「ヒントはあげただろう？　君が僕を誘ったって」

「それを信じないのは君だよ」と熱っぽく囁く声に、あっさりと承諾できるわけがない。

「そんなの、信じられるわけが……ひゃっ」

不意に腕を押さえる力が消えたかと思うと、彼の手が膝裏へと滑り込む。ぐい、と両膝を胸につくほど押し上げられてしまうと、嫌でもふたりの繋がっているところが見えてしまい、オーレリアは息苦しさよりも恥ずかしさで真っ赤になった。

「なっ、なにを……！」

「ちょっとしたお仕置きだよ。君がちっとも僕のことを思い出そうとしてくれないから」

「そんなこと言っ……はぁ……ッ」

反論の声は、再び始められた律動によって、快感の喘ぎへと変えられてしまう。

「ほら、君の中が僕のものを呑み込んでいくのがよく見えるだろう？」

その言葉に逸らしていた目を思わず向けてしまい、オーレリアは即座に後悔した。

それはひどく淫らな光景だった。

自分の中を興奮に怒張した彼の欲望が出入りしている。蜜口から出てくるたび、太い竿にはオーレリア自身の蜜がまとわりつき、卑猥な艶を帯びている。

「いやぁ……っ」

見てはならないと分かっているのに、目を閉じることさえできずに見入ってしまう。その交合の生々しさは、それまで感覚でしか分からなかったオーレリアの脳裏に、あまりにも鮮烈に焼き付いた。

「すごくいやらしいね」

「やだ……ッ」

沈められ、引き抜かれるたび、視覚と快感が交錯《こうさく》する。彼が腰を沈めていくと同時に膣が押し拓かれていくのを感じる。それは、今誰に身体を支配されているのかを知らしめるような緩慢な抜き差しで、オーレリアの息が瞬く間に上がっていく。

「いや……ッ、も……やだ……ぁ」

ぎりぎりまで引き抜かれるときに、傘の張り出した部分が膣口に引っかかると、ぞくぞくするほど感じてしまう。そうして再び押し込められてざらついた部分を擦られると、身体が意識よりも先に反応してしまう。

「ああ、もっと泣いて、オーレリア」

「……いやぁっ、そこ……やめてぇっ」

オーレリアの弱い部分を的確に狙って繰り返される抽送に、歓喜に身が打ち震えている。泣きたくなんかないのに、勝手に涙が込み上げて溢れてしまう。

「綺麗だよ、オーレリア」

泣けば泣くほどにヴィクトールの愛撫に熱がこもっていく。それはさながら拷問のように、オーレリアの全身を甘く苛み、理性を奪い去ろうとするのだ。

「あ……ッ、あ……あぁっ、だめ、も……」

もう自分が泣いているのかさえ分からない。顎をのけぞらせてひたすら喘いでいると、不意に目じりに彼の唇が触れるから、知らないままに泣いているのだろうとおぼろげに察する。

「やめ、やめて……っおねが……ああっ、あぁあっ」

なけなしの理性を振り絞って制止を求めても、彼が行為を止めてくれるはずもなく。

緩やかだった律動が徐々に速さを増し、何かに急き立てられるように性急なそれへと変わっていくと、それでなくても高められていた身体はさほどの時間もかからずに限界を迎えてしまう。

「やだっ、も……いやぁっ」

「オーレリア、は……っ、オーレリア……ッ、いっそ、このまま孕《はら》んでしまえばいいのに……！」

意図的か、口を衝いて出た彼の願望に、オーレリアは青ざめる。その可能性は、これまで恐ろしくて考えないようにしてきたことだった。

「やだ、やめて、お願い……っ」

そんなことになったら、本当に彼から逃れられなくなってしまう。

「今さら嫌がっても無意味だろう？　もう何度も注いでいるのに」

もがき、泣き喘ぐオーレリアを犯しながら、ヴィクトールは端麗な美貌に昏い欲望を滲ませる。

「愛しているよ、僕のかわいいオーレリア」

呪いの言葉と共に訪れた吐精《とせい》の瞬間。彼はオーレリアとの交合をより深いものへと変え——。

「……あっ、ぁ……」

身体の奥に彼の解き放った熱が広がっていく。絶望の最中、それをぼんやりと感じとりながら、オーレリアは意識を手放した——。

数日後、オーレリアはヴィクトールのエスコートで、シュナウザー侯爵家の茶会へ出席していた。最初、オーレリアは気分がすぐれないからとヴィクトールの誘いを断った。だが、オーレリアが嫌がるであろうことを当然予測していたヴィクトールは、サロンを出て自室へ戻ろうとする彼女の背中に声を掛けた。

『それなら、また君の部屋でふたりきりでゆっくり過ごすのもいいね』

『……ッ』

ぎょっとして振り向くオーレリアに、ヴィクトールは柔らかく微笑んでいる。サロンには他に侍女たちもいて、彼の完璧な微笑に見惚れていた。

侍女たちがヴィクトールの美貌や、紳士然とした振る舞いに完全に心を奪われていることは、オーレリアも知っている。だから、そんな彼が日を置かずにオーレリアを凌辱しているとは想像すらできないだろう。——否、彼のこれまでの女性遍歴を考えれば、凌辱ではなくとも合意の上でオーレリアが彼に抱かれている、くらいは思っているのかもしれない。

それがオーレリアとしては腹立たしくて仕方がない。

『……支度をしてくるわ』

侍女たちの手前、愛想悪くもできず、自制心を最大限奮い立たせて微笑んで踵を返すと、背後で彼が小さく笑う気配を感じて、余計に苛立ちを募らせるのだった。

シュナウザー侯爵家へ到着すると、ヴィクトールはオーレリアの手をとって、スマートな身のこなしで屋敷内へと案内する。ふたりがサロンに姿を現すと、一気に注目されるのは、この男の隣に立つ以上は仕方がないことだと、この半月ほどの間でオーレリアは諦めている。

「シュナウザー夫人とは多分気が合うと思うよ」

「わたしと？」

「僕に対する考え方が、君と同じだから」

どこか楽しそうな口ぶりから、彼がシュナウザー夫人と親しい間柄であることを窺わせる。

オーレリアはシュナウザー侯爵とは面識がない。だから、侯爵がどういう人となりなのか、また夫人がどの人なのか分からずに困惑していると、五十を少し過ぎたくらいだろうか、小柄で品の良さそうな女性がおっとりと微笑みながら声を掛けてきた。

「あらあら珍しいお客さまだこと」

「ご無沙汰しております、シュナウザー侯爵夫人」

「本当ね。前回ちょっとお説教しすぎたかしらって、後悔していたところよ」

言葉とは裏腹にさほど後悔してない表情で、夫人はころころと笑う。

「もしかしたらこちらの方が、先日の？」

「ええ。オーレリアです」

「まあ、そうなの！」

そしてその笑みを今度はオーレリアへ向けた。

「ようこそ、オーレリアさんね。よくいらしてくださったわ」

「お招きいただいて光栄です。シュナウザー侯爵夫人」

「今日は、あなたに会えるのを楽しみにしていたのよ。本当にお綺麗ね。黄昏《たそがれ》時の眸なんて、私初めて見たけれど、幻想的でとてもあなたに似合っているわ」

朗らかに笑う夫人は、さも人が好さそうで、オーレリアも自然と笑顔になる。

「ありがとうございます。こうした席は不慣れなので、無作法をお許しください」

「あら、そんなことないわ。姪からあなたのことはよく聞いているもの。今のあなたのお辞儀《カーテシー》、とても美しかったわ。それに学業もとても優秀なんですってね」

「……姪？」

きょとん、と目を瞬くオーレリアの耳に、聞きなれた声が届いた。

「私よ、オーレリア」

「ナタリア！」

夫人の後ろからひょこりと顔を覗かせた少女を見て、オーレリアの表情が明るくなる。

ナタリアの家が王都にあることはオーレリアも知っていた。だから卒業後も親しくしようと常々言っていたのだが、彼女とシュナウザー家に繋がりがあることまでは知らなかった。

「シュナウザー家は母の実家なの。ふたり姉妹で姉の伯母が婿養子をもらったのよ」

ふたりでテラスに行くと、ナタリアは言った。ヴィクトールは夫人が用事があるからと捕まっている。ナタリアの説明では、「多分またお説教よ」ということらしい。なんでも夫人はヴィクトールを気に入っているのだが、あの性に奔放な性格がどうにも許せないのだそうだ。それで、前回顔を合わせたときも散々説教をしたら、以来姿を見せなくなった。だがそんな彼を夫人は『あら、すねちゃったのね』と笑い飛ばしたらしい。なるほど、ヴィクトールが気が合うと言っていた理由が分かった。

「それにしても驚いたわ。いきなり女学院を退学したと思ったら、あのランバート伯と婚約したっていうじゃない。もう皆驚いちゃって大変だったのよ。何があったら突然そんなことになるのよ。そもそもなれそめは何なの」

矢継ぎ早に質問されて、オーレリアは「まだ婚約はしてないわ」とさりげなく訂正しつつ苦笑いする。

「だけど退学はしなくてもよかったんじゃないの？　伯だって、オーレリアが卒業するまでは待ってくれるでしょ？」

「……色々と事情があって」

借金に関しては彼が清算してくれたが、女学院の費用まで世話になるつもりはなかった。これ以上彼に弱みを作りたくないということも勿論あったが、何よりオーレリアには、もう以前のように優等生として振る舞える自信がなかったのだ。しかしそんなことを彼女に話すわけにもいかず、オーレリアは曖昧に笑って言葉を濁す。だが、それをナタリアはヴィクトールの関係と結びつけたようだ。

「あなたと少しも離れたくないってわけね。すごい独占欲だこと。だけど気をつけたほうがいいわよ。オーレリアも知ってるかもしれないけれど、伯ってあのとおりの外見でしょう？　寄ってくる女が後を絶たないっていうじゃない。気をつけないと下手に恨みでも買ったら大変よ？」

「……肝に銘じておくわ」

友人の懸念はもっともだと思わざるを得ない。

あの女たらしは、行く先々で女性たちの注目を集め、魅了している。それが隣にいるオーレリアにとってどれほど迷惑なことなのか、彼は自覚しているのだろうか。しかも彼は女性たちに声を掛けられるたび、いちいち応対しているのだ。端麗な顔に彼女たちを惹きつけてやまない完璧な微笑みを浮かべて。

そんなことをすればするほど、女性たちの嫉妬は隣にいるオーレリアに向かう。そのあからさまな眼差しは、オーレリアがヴィクトールに恋い焦がれているのならいざ知らず、半ば以上脅迫されての関係では、ただただ迷惑でしかなかった。

「だけど、心配いらないわ。今だって彼のほうから言い寄られて付き合っているだけだもの。きっとすぐに飽きるわよ。これまでの彼の恋人たちと一緒で」

「あらっ、でも先日伯がおっしゃっていたわよ。あなたとはできるだけ早く結婚したいって」

「……え、嘘でしょう」

思わず本音で答えてしまうと、ナタリアは笑ってかぶりを振った。

「嘘じゃないわ。これまで伯が自分から女性のことを話すなんてなかったから、すごく意外で覚えてるの。そのときは名前をおっしゃらなかったけれど、伯母も、それなら是非その方を連れていらっしゃい、って言いだして。だから今日はすごく楽しみにしてたのよ」

「がっかりさせていなければいいのだけど」

そう言って苦笑したオーレリアは、ヴィクトールがいないことを幸いに、久しぶりに再会した友人と会話を楽しんだ。そうして一時間ほどが過ぎた頃、ふと目を向けたサロンの一角に女性たちが集まっていることに気づいた。そしてその中心に誰がいるのかも。

「……ほらね。彼っていつもああだもの」

「……大変ね」

ため息まじりに肩をすくめるオーレリアに、ナタリアが同情を込めた苦笑を浮かべる。

「彼はまだ忙しそうだけど、弟に早く戻ると言ってあるし、わたしはそろそろ帰るわ。今日は久しぶりに会えて嬉しかったわ」

「私こそ。オーレリアの元気そうな顔が見られてよかった。また、こうして会いましょうよ」

「勿論」

笑顔で挨拶を交わし、オーレリアはひとりで玄関へと向かう。だが、見送りの執事のところまであと少しというところで、後ろから柔らかく腕を掴まれた。

「僕を置いて帰るつもり？」

「あら、ご婦人方と楽しそうにお話しされているから、お邪魔しないようにと思っただけよ」

さらっと毒を吐きながら、にっこりと微笑んでみせる。

「酷いな。ようやく夫人から解放されたから、君のところへ戻ろうとしていたのに、運悪く彼女たちに捕まってしまっただけだよ」

「そのままずうっとご一緒していたらよかったのに。わたしなら、ひとりで全然平気よ？」

笑顔と共に「全然」の部分を強調して言うと、ヴィクトールはおかしそうに片眉を下げた。

「君の場合、それがあながち冗談に聞こえないから困るんだよ」

「あら、本気だもの。それよりあなたの用事も済んだのなら、帰らせて」

「いいよ。じゃあ、この後僕の家に寄ってから送っていこう」

「……っ、け、結構よ。それなら、わたしひとりで帰るから、ここで」

「何をそんなに慌ててるんだい？」

あからさまに動揺するオーレリアの腰を抱き寄せながら、ヴィクトールが含み笑いをする。

「明日の夜、僕の家で夜会を開くんだ。その席で君に着てもらいたいドレスが出来上がったから、それを渡そうと思っただけだよ」

「……あ、そ、そうなの」

理由を聞いてほっと息を吐くオーレリアに、ヴィクトールが意地悪く問いかける。

「何を期待していたの？」

「……ッ、期待なんてしてないわよ！　い、行けばいいんでしょ」

「じゃあ、受け取ってもらえるんだね」

「え？」

馬車へとエスコートされながら、一体何のこと、とオーレリアは頬の熱を持て余しつつ振り向く。

「ドレス。受け取ってくれるんだろう？」

「……わたし、採寸《さいすん》なんてしてないわ」

遠まわしに誰の物とも知れないドレスなんか要らないと伝える。だが、ヴィクトールはそれへ「ああ、それなら」と思い出したように言った。

「採寸ならしてる。――再会した翌日、君が僕のベッドで眠っている間に」

「…………ッ!?」

オーレリアの目が、その意味を理解するにつれて大きく見開かれていく。と同時に、熱を帯びた頬がさらに鮮やかに色づく。

「ま、まさかあなた……ッ」

「ああ、心配しなくても僕が採寸したから、君の裸は誰も見てないよ」

「そんな心配してないわよっ」

――むしろあなたに採寸されるのが問題なのよ。

しかもあれは眠っていたのではなくて、気を失っていたのだ。意識のない間に彼に好きに採寸されていたかと思うと、恥ずかしすぎてめまいがする。

「冗談だよ。君のドレスのサイズはクロフォード家がいつも利用している店から教えてもらったんだ。裸の君を測るのもそれはそれで興味があったんだけどね。そうすると計測だけで収まらなくなりそうだったから自重《じちょう》したんだよ」

「…………」

艶を含んだ笑みを向けられて、オーレリアは無言で目を瞠る。一体どこまでが冗談でどこからが本気なのか分からない。単に、いいように遊ばれているだけのような気もする。

「……あなたの冗談は心臓に悪すぎるのよ」

「そう？　僕を忘れたなんて平然と言う君の冗談に比べたら、僕のなんかかわいいものだと思うけど。じゃあ行こうか」

「あれは冗談じゃないわ！」

「ほら、前を見ないと危ないよ」

オーレリアの苦情などものともせずに、ヴィクトールは彼女を馬車へと乗せると自分も後に続く。

「ちょ……ッ、どうして隣に座るのよ。あっちへ行ってちょうだい」

あからさまに迷惑顔で身を避けようとするオーレリアに、ヴィクトールが苦笑する。

「まったく、どうして君は僕に対しては、こうも感情表現が素直なんだろうね。大抵のご婦人方は、僕が傍へ行くと頬を赤らめて恥ずかしがるっていうのに」

「それは、皆あなたの容姿に騙されているからでしょう」

「君は僕の見た目に騙されてくれないね？」

からかうようにヴィクトールが問いかけると、オーレリアはため息をついた。

「当たり前でしょ。出会った夜にあんなことする人、好きになるはずがないじゃない。酔ったわたしを叱ってくれたのなら、状況も変わっていたかもしれないけれど」

そっけなく言い放ち、つんと顔を背けると、傍らで彼が「なるほどね」と、おかしそうに小さく笑うのが気配で伝わってきた。

「それなら、これ以上嫌われる心配がないということで、僕も好きにさせてもらうよ」

「……っ、え、ちょっと、や……んっ」

肩を抱き寄せられざま、覆いかぶさるように口づけられて、オーレリアは驚愕に目を瞠る。

「やだ、やめ……ッ」

とっさに顔を背けようとしても、座席の背もたれと彼の腕に閉じ込められているせいで、逃れることができない。

強引に唇を奪いながら、狭い馬車の中でオーレリアが逃げられないのを幸いと、ヴィクトールの手がドレスの裾から滑り込む。

「ん……んうっ」

——何考えてるのよ、こんなところで！

いくらもがいてもヴィクトールの手が止まることはなく、どうにか身を離そうとオーレリアは彼の胸を強く押す。

しかし、そんな抵抗もお構いなしに彼はオーレリアの腰まで手を滑らせると、細いリボンで結んでいるだけの下着をいとも簡単に奪い去った。

「いや……ッ、やだってば……！　あぁっ」

守るものがなくなった無防備な秘所に、彼の長い指が埋められる。

「本当に君は濡れやすいね。こんなに濡らして恥ずかしくないの？」

くちくちと卑猥な音を立てながら意地悪く問いかけられて、オーレリアは羞恥で赤くなるしかない。

なんて恥知らずな身体だと我ながら情けない。けれど、理性ではいくらそう思っていても、彼に触れられると勝手に身体が悦んでしまうのだ。

「やあっ、あっ、あぁっ」

蜜壷を犯されながら花芯を捏《こ》ね回されて、腰の奥がびりびりと甘く痺れる。快感から逃れようと無意識に腰が浮いてしまうと、それを見透かしたように深く指を埋められてしまう。

「だめ、や……ッ」

気持ちいいなんて、そんなはしたないこと思いたくないのに。

頭の芯がぼうっとし始めた頃、彼がおもむろに話し始めた。

「夫人がね、君のことをいたく気に入っていたよ」

「……えっ」

「『あんなかわいい方、絶対に手放しちゃ駄目よ』って言うから、『勿論です』って返事しておいたよ」

「な――、きゃっ！」

背もたれから座席へと押し倒され、左脚を押し上げられると同時に、蕩けた蜜口に彼の昂ぶりが押し入ってくる。

「あぁっ」

「僕が結婚するなら、君以外にあり得ないって言っておいたよ」

「そんな、勝手に……ッ、ああっ、あッ、あ……ッ」

休む間もなく始まる荒々しい律動に、オーレリアは堪えきれずに声をあげてしまう。

白いストッキングに包まれた左脚が、突き上げに合わせてはしたなく揺れている。

けれど寝台の上とは違い、スプリングの利いていない座席の上での行為は、オーレリアに快感と同時に苦痛も強いた。

「い……ッ」

背中にじかに伝わる振動に思わず顔を歪めてしまう。それに気づいたヴィクトールは律動を止めると、両手をオーレリアの背に滑り込ませた。

直後、ふわりと感じる浮遊感に、オーレリアは驚く。

「ひゃ……っ」

身体を繋げられたまま、強引に身体を抱き起こされると、自身の体重も加わってより深く彼のものを深く受け入れてしまう。その衝撃に、オーレリアは思わず甲高い嬌声をあげた。

「ひあぁっ！　あ、あ……ッ」

彼が動かなくても、子宮の入り口に彼の昂ぶりが触れている。しかも今の自分の、脚を大きく開いたまま彼の脚の上を跨いでいるという破廉恥《はれんち》極まりない格好に、オーレリアは快感もさることながら、恥ずかしさで耳まで真っ赤になった。

「や、だ……お、おろして……」

身じろぎし、膝をついて腰を浮かそうとする。だが、オーレリアが身体を動かすよりも早く、彼の手が細い腰を捕まえる。

直後、下から突き上げられて、オーレリアは背をしならせた。

「ひゃっ」

逃れようにもしっかりと腰を抱かれているために逃げられない。しかも突き上げに合わせて身体が揺れてしまうため、オーレリアはとっさに彼の首に抱きついた。

「いい子だね、そのまま摑まっていて」

「あっ、あっ、あっ……！」

何を言われたのか考える暇もなく、再び下からの突き上げが始まる。そのたび、子宮を押し上げられる鈍い痛みと、それを凌駕《りょうが》する深い快感が同時に襲ってきて、瞼の裏に白い火花が散った。

「あっ、あぁっ、あ、っん……ッ」

ドレスの下で、はしたない水音と肌の打ち付けられる音がひっきりなしに聞こえる。衣擦れの音にまじるその音にたまらなく羞恥心を煽られて、その分オーレリアの感度も加速度的に増していく。

さらには馬車自体の揺れが、彼の突き上げとは別に不規則にまじるものだから、不意打ちのそれによって熱く充血した粘膜を擦られるたび、鋭い衝撃に襲われてしまう。その痛みが徐々に甘い痺れへと変わっていくと、後はもう快楽に呑まれ、オーレリアは甲高く喘ぐばかりになってしまう。

「すごく締め付けてくる。――もしかして、いつもより興奮してる？」

「ンッ、ん……！」

違うと言うことさえできなくて、彼にしがみついて肩に額を擦りつける。

「はぁっ、も……だめ……！　だめ……」

子宮が切なくて仕方がない。こんな淫らな格好で犯されているのに、身体は裏腹にもっと欲しいと切なく泣いている。

「ああ、オーレリア、もっと……」

その甘く掠れた囁きを耳が拾った直後、彼の手がオーレリアの腰から尻へと滑り降りる。何を、と思う間もなく繋がったままの状態で勢いよく抱き上げられて、驚いたオーレリアは掠れた悲鳴をあげた。

だが抱き上げられていたのはほんの一瞬のことで、今まで座っていた座席の向かい側に下ろされる。

「な、なにを……きゃあッ⁉」

安堵する暇もなく、膝裏を掴まれて大きく割り開かれる。それまでドレスで隠されていた部分を露わにされてしまい、オーレリアは仰天した。

「いやよ、こんな……！」

慌ててもがこうとするオーレリアを制するように、ヴィクトールは彼女の膝裏を強く押さえつける。

「君が動いてくれたらあのままでもいけたんだけどね、それはまだ無理そうだから」

薄く微笑みながら、ヴィクトールはちろりと唇を舐める。そのしぐさがひどく官能的で、彼に恋愛感情のないはずのオーレリアをどきりとさせた。

「それに、僕もこのほうが、君の泣き顔が見えるからちょうどいい」

そう言ってヴィクトールは再び律動を開始した。

「あっ、あっ、あ……ッ」

ぐちゅぐちゅと蜜をかき混ぜる音が、今までよりもはっきりと聞こえる。

こんな体勢で抱かれているのに、身体はありえないほど感じている。それは彼女と繋がっているヴィクトールにも当然伝わっており、腰を打ち付けながら彼は熱い息を吐いた。

「すごい、さっきよりもうねってる。こういうのが好きなの？」

「ちが……っ、あなたと、一緒にしないで……！」

「僕だって、馬車の中でなんて初めてだよ」

心外だな、とヴィクトールが笑う。

「それくらい、君が欲しくてたまらないんだ」

囁きと共に深く唇が重ねられる。

後はもう、彼のなすがままだった。舌を絡められながら、秘所を熱い楔《くさび》に何度も穿たれて。最奥を絶妙な力加減で突かれながら、招きだされた舌を唾液ごと吸われると、蕩けそうなくらい気持ちよくて、頭がおかしくなりそうだった。

――こんなのどうかしてる。

そう分かっているのに、身体はひたすら彼に与えられる快楽を享受し、喜んでいる。いつしかヴィクトールにねだるように自らのそれを重ね合わせているなんて、オーレリアにはもう自覚すらできていなかった。

やがてヴィクトールが限界を迎え、甘く掠れた吐息と共に動きを止める。――抱き込んだ彼のものがぐっと膨らむ感覚に続いて、奥に熱いものが広がっていく。そしてその熱はオーレリアをも絶頂へといざなった。


「……オーレリア?」

熱のすべてを解き放った後、熱い息を吐きながらオーレリアを見ると、既に気力と体力を使い果たしたのか、彼女の紫水晶は瞼の奥に隠されてしまっていた。

ドレスの裾を直し、横抱きにして身体を支えながら、眠るオーレリアの白い頬にかかる漆黒の髪をそっと払う。

「ん……」

意識があるときは決して見せないあどけない寝顔に、ヴィクトールはしばし見惚れる。

「本当に、寝顔だけはあのときと同じなんだけどね……」

苦笑まじりに独り言つと、ヴィクトールは眠り続ける彼女の白い額に、そっと口づけを落とした。

「おやすみ、かわいいオーレリア」

次に目覚めたときも、やっぱり君は僕から逃げ出そうとするのかな。

心中で呟いて、ヴィクトールは小さく笑った。

第六章　雨音のいざない

「わあ、リア、お姫さまみたい！」

翌晩、ヴィクトールから贈られたドレスに袖を通したオーレリアを、リシャールが目を輝かせて見上げていた。

今日は甚だ気乗りしない夜会がある。その最たる理由は当然ながら、夜会の主催者がオーレリアの『恋人』だからである。

「本当に、よくお似合いですわ」

着替えを手伝っていた侍女も、うっとりとオーレリアのドレス姿に魅入っている。

「そ、そうかしら。ありがとう」

お礼を口にしながらも、今ひとつ素直に喜べない。だが、鏡に映るドレスが素晴らしい出来栄えであることは認めざるを得なかった。基本の色は青みがかった淡い紫で、ドレスの肘の部分から先には白いレースがふんだんにあしらわれている。胸元を飾る胸当てには高価な銀糸を惜しげもなく使って細やかな刺繍が施されており、さらには背中から裾へと伸びる長いプリーツが清楚でありながらも華やかな雰囲気に仕上げている。

綺麗な色、とオーレリアは素直に思った。

「眸の色と同じなんですね」

手袋をはめていると、侍女からそう言われて、オーレリアはその意味に気づくのにしばしの時間を要した。

「あ……そうね、本当」

言われるまで気づかなかった。透明感のある青みがかった紫色は、オーレリアの双眸とよく似ている。

自分が元々持っている色彩なのだから気に入るはずだと納得するのと同時に、悔しくもあった。なんだか彼の手のひらの上でいいように踊らされている気がしてならない。

彼との賭けが始まってからおよそ半月が経つ。つまり期限まで約半月。オーレリアが社交界デビューの夜に何があったのかを問いただしても、彼ははぐらかすばかりで肝心なことを教えてくれない。

彼にしてみれば、オーレリアが記憶を取り戻さないほうが好都合だろうが、それにしても分からない。ヴィクトールがそこまで自分に固執する理由《わけ》が。

オーレリアは記憶力には自信があるほうだ。だから彼と初めて会ったのは、あの夜で間違いないだろう。だが、そんなわずかな間に、何をどうすれば、結婚を考えるほどオーレリアを気に入るというのだろう。

とにかく期限まであと二週間しかない。彼から逃れるには、どうにかしてあの夜の記憶を取り戻すしかない。それには、あの夜ふたりがどこで顔を合わせたのか、そしてあの夜会でオーレリアに薬を飲ませた青年ロアークからどうやって逃れることができたのか、それをつきとめる必要がある。

だが、そんなことをどうやったらできるのか——。ロアークに直接聞きに行くか。

そんなの絶対に無理だわ、とオーレリアはため息を吐く。

ふと視線を感じて目を落とすと、何か言いたげに見上げているリシャールと目が合った。

「どうしたの？　——やっぱり行かないほうがいい？」

リシャールが行かないでと言うなら、それを口実にできるとオーレリアは期待を込めて訊いてみる。だが、意に反してリシャールはかぶりを振った。

「ううん、平気だよ。だって、ヴィクトールが約束してくれたから」

「……約束？」

一体いつの間にファーストネームで親しげに呼ぶ関係になったのだろうとオーレリアはぼんやりと考える。自分でさえ、未だにヴィクトールと呼ぶことはないというのに。

「今日ひとりにしてしまうお詫《わ》びに、今度、天気のいいときに二人でピクニックに行こうって約束してくれたんだ」

にこにこと満面の笑みで弟が話す内容に、オーレリアは呆気にとられる。

「一体いつそんな話をしたの？」

「え？　昨日ヴィクトールがリアを送ってきたときだよ。リアを部屋まで運んだ後、帰り際にヴィクトールが僕に約束してくれたんだ」

「……そ、そうなの……」

昨日の出来事を思い出すと、どうしても頬が赤くなってしまう。

馬車での行為の後、目覚めた後もオーレリアは立つことができなかった。それなら丁度いい、とヴィクトールはオーレリアへの贈り物を取りにランバート邸に寄ってから、クロフォード邸へと馬車を向かわせた。そのときには何とか立てるまでには回復していたが、それでも足取りがおぼつかないオーレリアは、ヴィクトールに抱かれて部屋まで運ばれたのである。

ヴィクトールとしては、当然オーレリアがどうにかして夜会へ来なくて済むようにしようと考えることは分かっていたはずだ。だから彼は事前に予防線を張ったというわけだ。

――まったく、根回しがよすぎるわ。

逆に言えば、それだけオーレリアが駆け引きを知らなさすぎるのだ。

ヴィクトールはなぜか既に、オーレリアの最大の弱点が弟のリシャールであることを知っている。だからこそ、今回もまず真っ先にリシャールの許可を取り付けたのだ。彼が賛成すれば、姉は絶対に断れないと分かっているから。

「ずるいわ、こんなの。不利な要素ばかりだもの」

「何がですか？」

侍女の問いかけに、オーレリアは笑顔でかぶりを振る。

「ううん、何でもないわ」

笑顔でかぶりを振りつつ、オーレリアは階下に降りる。見送りのフィンも侍女同様に、美しく装ったオーレリアを目を細めて見つめる。

「本当に、お亡くなりになった奥様によく似ておられる」

「母のように社交界に溺れないようにするわ」

苦笑まじりに言うオーレリアに、幼い頃からの彼女を知っている家令は微笑む。

「お嬢様は奥様とは違いますから」

「……ありがとう、フィン」

フィンなりの気遣いに感謝しながら、オーレリアはランバート家から寄越された迎えの馬車に乗り込む。

御者が鞭を振るい、馬車が動き始める。オーレリアの眸の色と同じ空の下、馬車は一路ランバート邸へと向けて走り始めた——。


ランバート邸はオーレリアの家から馬車で半時もかからない場所にある。

だが、馬車が敷地内の馬車どまりに停車する頃には、あたりはすっかり夜の帳《とばり》が下りていた。

ランバート邸には既にたくさんの客人が到着しており、玄関ホールへと入ったオーレリアは奥から聞こえるにぎやかな笑い声や、扉の奥に見える想像以上の人の多さに気圧されてしまった。

なんとなく疎外感にも似た感情を抱きながら、出迎えた執事に案内されるまま奥へと向かっていると、たどり着くよりも先に中からこの屋敷の主人が姿を現した。

何よりもその姿に目を奪われる。そこにいるだけで、周りのすべてを圧倒する、そんなオーラが彼——ヴィクトールにはあった。

「やあ、待っていたよ、オーレリア。来てくれて嬉しいよ」

図らずも、その言葉に動揺してしまう。

悔しいが彼の趣味は良い。彼の持つもの、纏《まと》うものすべてがあからさまではないが、そこはかとなく高級感を醸し出している。商家の出自だという割には、立ち居振る舞いや雰囲気が洗練されていて、言われなくては市井《しせい》育ちだとは誰も気づかないだろう。

華がある、という表現がこれほど相応しい人はいないとオーレリアは思う。

優雅な所作に加え、月の光を閉じ込めたような鮮やかな銀の髪と、見る者すべてを魅了する稀有な美貌。彼に微笑まれて堕《お》ちない女性はいないだろうとオーレリアでさえ思う。出会いがあんな形でさえなかったら、きっと——。そう思わせるだけの魅力が、彼には十分すぎるほどあった。

　それだけに、今目の前で甘く微笑む彼が、こんな自分に固執する理由がどうしても分からなくて、オーレリアは戸惑うのだ。

「ドレス、よく似合ってる。思っていたよりも遥かに綺麗だよ」

「……ありがとう……」

　惜しみない褒め言葉をかけられて、知らず頬が熱を持っていく。そんなさまを見られたくなくて俯いてしまうと、オーレリアの耳元に彼が顔を寄せてきた。

「後で、脱がせるのが楽しみだよ」

「……ッ」

　ぎょっとして顔を上げると、掬い上げるように唇が重ねられた。一瞬の早業に、避ける余裕もなかった。

「な……ッ」

「恥ずかしがる君がかわいくて、つい」

　にっこりと爽やかに答えられてしまえば、それ以上オーレリアには何も言うことはできなかった。しかも、周囲にはふたりの様子を興味津々に窺っている者が、ひとりふたりどころではなくいるのだ。もしふたりの関係を疑われでもしたら、醜聞《スキャンダル》好きな彼らに余計な詮索をされた挙げ句、『あの夜』の出来事が明るみに出てしまう危険性だってあるのだ。

　うわべだけでも仲良くしなくてはならないのが辛いが、後々を考えればそれは仕方のないことだった。

「さあ、中へ行こう」

エスコートされて広間へと向かうと、すぐにあの馴染《なじ》みの視線が降り注いできた。

羨望、嫉妬、疑惑。そんな類の視線がオーレリアに突き刺さる。

どうしてあんな女が。きっとそう思われているのだろう。自分がヴィクトールに釣り合っていないことは、オーレリア自身が一番自覚している。これまでヴィクトールの恋人と呼ばれてきた女性たちはいずれも妖艶さの漂う大人の女性が多かったという。実際、以前ランバート邸で会った女性もそうだった。

「旦那様、エイドリアン侯爵がご到着なさいました」

傍らに控えた執事の報告に、ヴィクトールが頷く。

「分かった。すまないオーレリア。少し待っていてくれ、すぐ戻るから」

「ええ」

ひとりのほうがまだ注目されないで済む、とオーレリアは軽く微笑んで広間の片隅へと向かう。

これまでも夜会やアフタヌーンティーに招かれた席で、オーレリアがひとりになることはあった。そういうとき、オーレリアの置かれる状況は三つ。オーレリアに興味を持った異性に口説かれるか、ヴィクトールとの関係を羨む同性に囲まれるか。

そしてもうひとつが、ヴィクトールに焦がれるあまり、オーレリアを妬み、嫌がらせをせずにはいられない同性に絡まれることである。そして悲しいかな、一番多いのがこの状況だった。

「あら、こんなところで、おひとりでどうなさったの？」

言葉に含まれたとげが見えるような声を背後から掛けられて、オーレリアはそっとため息を吐いた。しかしそれをあからさまに顔に出すわけにもいかず、振り向きながらオーレリアは愛想のよい微笑みを浮かべる。

振り向いた先には五、六人ほどの令嬢がいて、その中の数人にオーレリアは見覚えがあった。彼女たちはオーレリアと同様ににこやかな笑みを浮かべているが、その笑みに優雅さは微塵《みじん》もなく、妬み嫉みを覆い隠す歪《いびつ》さがあった。

こういうとき、オーレリアは自分の中の忍耐を試されていると思わざるを得ない。

「ええ、待っているように言われたので」

笑みを絶やさないように答えると、途端に彼女たちが驚いた顔になる。

「あら、エスコートもなしなの？　おかわいそうに」

「ひとりでも平気だって思われたのかしら」

「やだ、私だったらそんなこと堪えられないわ。置き去りにされるなんて」

――置き去りって。

一体どこをどう解釈したら置き去りなどという表現になるのだろう、とオーレリアは呆れつつ、「本当に」と頷くしかない。ここで大切なのは、彼女たちの感情を煽らないことだ。ひたすら彼女たちに言いたいように言わせておく。それが一番この場を切り抜けるうまい方法だとオーレリアは学習していた。だから、どんなに貶《けな》されようと嘲弄《ちょうろう》されようとも、彼女たちの嫌味はすべて右から左へと流していた。

オーレリアがそうやって言い返さずにいれば、彼女たちは言うだけ言って去っていく。彼女たちも、いつまでもオーレリアを取り巻いていて、そこをヴィクトールに見られでもしたら厄介だと思っているのかもしれない。大好きな伯爵さまの前では、彼女たちはあくまでも礼儀正しくかわいらしい令嬢だったから。

――馬鹿馬鹿しい。中身は最低な男なのに。

それを彼女たちに言ったところで信じてもらえるわけがないし、逆にオーレリアが色仕掛けでも使ってヴィクトールに迫ったのだろうとせせら笑われるのが関の山だったので、黙っておいた。

そうして、いつものように散々オーレリアに対して嫌味を言っていた彼女たちだったが、ふとひとりが思いついたように言った。

「ねえ、そういえばあなた弟さんがいるんですって？」

赤い髪が印象的な令嬢で、別の場で会ったときにも、彼女からは散々嫌味を言われていた。これまでオーレリアがさして傷ついた顔を見せなかったので、今回はやり方を変えてきたのだろう。

唐突にリシャールのことが出てきて、オーレリアはきょとんとした。

どうしていきなり弟の名前が出てくるのだろうと思いつつ、オーレリアは頷く。

「ええ。それが何か？」

「身体が弱いんですって？　ろくに屋敷から出たこともないって聞いてるわ、おかわいそうね」

「……確かに熱を出すことはありますけど、体調のいいときには外出も――」

「あらっ、跡取りがそんな病弱じゃ大変ね」

オーレリアに最後まで言わせずに彼女は大仰に遮る。

「将来ちゃんと伯爵家をお継ぎになれるのかしら。姉君としては心配よねぇ」

「……どういう意味でしょうか」

胸の奥がざわめいていた。平静を装って答えているはずなのに、その声が知らず硬くなっている。そのことに令嬢は敏感に察したのだろう。

「あら、私心配しているのよ。クロフォード家といえば結構な旧家でしょ？　病弱な弟さんでは、そのお役目は荷が重いんじゃないかと思ったのよ」

「……ッ」

「本当よね、今のままじゃ先行き不安ねえ」

他の令嬢たちまで一緒になって同意し始める。

「ああ、だからあなたが弟さんの代わりを見つけようと必死になっているわけね」

「……え……？」

彼女たちが何を言いたいのか分からずに、オーレリアが眉を顰めると、その令嬢はさも同情するかのように言った。

「クロフォード家を守るために、ランバート伯に跡を継いでもらおうとしているんでしょう？　病弱な弟さんじゃ先行き不安だから」

「ッ！」

かっと頭の芯が熱くなった。彼女たちがリシャールを貶めることでオーレリアを挑発していることは分かっていた。こんなことに乗せられてはいけない。いつものように聞き流せばいい。そう分かっていても、これ以上黙っていることはできなかった。

「わたしのことは何と言おうと構わないけれど、リシャールを侮辱するのだけは許さないわ」

「あら、私たち侮辱なんてしてないわ。心から同情しているだけよ」

「そうよ。私たちは純粋に心配してあげているのに、そんな言い方をされるなんて心外だわ」

「心配ってどこが――」

綺麗に化粧をした顔に浮かぶ明らかな嘲弄に、オーレリアの我慢は限界を超えようとしていた。だが、オーレリアの感情が爆発するよりも早く、両者の間に冷静な声が割って入った。

「あなたたち、いい加減になさいな」

柔らかな声に、オーレリアを含めた全員が振り向く。年のころはオーレリアと同じくらいだろうか。黒髪と水色の双眸が印象的な艶やかな少女が、困ったような表情を浮かべてそこにいた。

「言っていいことと悪いことがあるわよ、あなたたち」

「ネリイ！」

取り巻いていたうちのひとりが、黒髪の美少女の名を呼ぶ。

「私たち別に」

「そうよ、私たちオーレリアさんを気遣っていたのよ」

「何を言っているのよ。オーレリアさんが人一倍弟さんをかわいがっているの、あなたたちだって知っているのでしょう？　それをあんなふうに言われたら、傷つくって思わなかったの？」

「………」

優しげな、それでいて諭すような語りかけに、令嬢たちは言い返せずに口ごもる。何とも気まずそうな表情をネリイは一瞥すると、次いでオーレリアに向き直った。

「ごめんなさいね、彼女たちが失礼なことを言って。心からお詫びするわ」

そう言って深く頭を下げるネリイに、オーレリアは驚く。

「やめてください、あなたが謝ることでは……」

「だけど、彼女たちは私の友人だから。彼女たちの非礼をお詫びするのは友人として当然のことよ」

「そんな、だってあなたは何も……」

「そうだね。ネリイは関係ないよ」

やんわりとした声と同時にふわりと漂う馴染みの香りに、オーレリアははっとした。振り向くよりも先に腰を抱かれ、彼の腕の中に閉じ込められる。

オーレリアよりもさらに驚いたのは、それまで嫌味を言っていた令嬢たちだった。いつもなら、彼に聞かれないように周囲には気を配っていたはずなのに、今回は傍に来るまで気づかなかった。

「伯爵さま、私たちあの……」

「私たちオーレリアさんを心配して」

「君たちがこれまでオーレリアに色々言っていたのは知ってるよ」

「……ッ」

「それを今日まで見逃してきたのは、オーレリアが僕に何も言わなかったからだ。だから僕も君たちの非礼を知りつつ今日まで見逃してきた。だが、君たちは彼女の優しさに付け込み、それどころか彼女が何よりも大切にしているリシャールを侮辱した。それは、どんな理由があったとしても許されることじゃない」

ヴィクトールが話すにつれ、徐々に少女たちの表情が強張っていく。

「それにリシャールは幼いがとても利発な少年だ。人を貶すことを楽しむ君らよりも、彼のほうが遥かに、貴族としての立派な矜持を持っているよ。少なくとも君たちに貶められるような子ではない」

口調こそ変わらないものの、その声はいつもとは違い低く冷淡なものだった。そして、その声をオーレリアは以前にも聞いたことがあった。

――この声……。

ヴィクトールと再会した翌日、契約書の確認のためにランバート邸を訪れたとき、オーレリアは偶然彼が恋人へ別れ話をしているのを扉越しに聞いてしまったのだが、そのときの彼の声は今とよく似ていた。

ならば、あのときもこんな表情で話していたのだろうか。いつも柔らかな雰囲気を纏う端麗な美貌がここまで酷薄になるのかと、オーレリアは言葉をなくす。

そして少女たちも、遅まきながらヴィクトールが静かに怒っているということに気づいたようだった。

「は、伯爵さま、私……ッ」

赤い髪の令嬢が蒼白になって震える。みるみる双眸が潤み、涙が零れる。

けれど彼女の流す涙に対して、ヴィクトールはまるで表情を変えることなく、それどころか一瞬ではあるが不快そうに眉を顰めさえした。

「君たちには今後一切オーレリアには近づかないでもらいたい。君たちの心ない言葉に大切な恋人が傷つけられる姿はもう見たくないからね。――それでもなお僕の目を盗んで彼女を傷つけるというのなら、次は容赦しない」

いつもの彼ならありえないような台詞に、オーレリアは息を呑む。

「……ッ」

赤毛の少女はそれ以上何も言うことはできず、くるりと踵を返すと走り去っていった。

その後を、他の令嬢たちもやや気まずそうにしながら追っていく。

「ランバート伯、オーレリアさん、改めて今回のこと、心からお詫びしますわ」

ネリイが心苦しげに眉を顰めたまま、先ほどよりも深く頭を下げる。

「顔を上げてください。あなたはわたしを庇ってくれたのですし……」

「だけど、こうなる前に君なら止めることができたはずだよ」

咎《とが》める口調に、オーレリアは驚く。見れば、彼の表情は変わっておらず、依然として気分を害しているのだとオーレリアは気づかされる。

それはネリイも同様だったらしい。まさか責められるとは思っていなかっただろう彼女は、目を瞠ると、次いでふっと苦笑した。

「そうですわね。それに対しては何の申し開きもできませんわ。だけど、あなたにそんな顔をさせるなんて……本当にオーレリアさんのことを大切に想ってらっしゃるのね」

「——ああ、そうだね」

指摘されたことで、ヴィクトールは初めて気づいたとでもいうように、少しだけ表情をやわらげる。

「彼女以上に大切な人はいないよ。生憎《あいにく》、そのことを本人だけが分かってくれないんだけどね」

「それは、これまでの伯の悪行のせいですわ。ゆっくりと時間をかけて分かっていただくしかないのでは？」

くすくすと笑ってネリイは言うと、改めてオーレリアへと向き直る。

「今回の件、本当にごめんなさいね。彼女たち伯のことが好きすぎて、どうしていいか分からないのよ。だから傍にいるあなたが羨ましくて仕方がないの。許してあげてとは言えないけれど、彼女たちのつらい気持ちも察してくださると嬉しいわ」

そう言ってどことなく寂しげに微笑むネリイを見て、オーレリアはきっと彼女もヴィクトールのことが好きなのだろうと察した。去っていくネリイの背を見送りながら、オーレリアはぽつりと呟くように言った。

「——驚いたわ」

「え？」

「あなたでも、あんな顔するのね」

いつも優美な紳士である彼が、あんなにも冷たい態度で女性に接するのを、オーレリアは初めて見た。オーレリアの知る彼はいつでも女性に対して甘く微笑んでいたから。

「少しは見直してもらえた？」

くすりと笑いながら訊いてくる表情は、オーレリアがいつも見ているそれで、なぜかほっとする。それと同時に、いつになく素直に彼への感謝の気持ちが込み上げてきた。

「……さっきは、リシャールの名誉を守ってくれて嬉しかったわ。――ありがとう、ヴィクトール」

「――えっ」

途端、ヴィクトールが呆けたように呟いた。

「……何？」

「名前……」

「え？」

「今、僕の名前……」

「……あ……」

言われてみて気づく。彼の名を口にするのは、これが初めてだったということに。

そのことに思い至った瞬間、オーレリアは無性に恥ずかしくなった。

「あっ、わ、わたし……」

かあっと頬を火照《ほて》らせてとっさにその場を逃げようとしたが、すかさず腰を抱かれて引き寄せられる。壁際にいたことが仇《あだ》となって、さらに隅《すみ》に追い込まれて、逃げ場を失ったオーレリアはおろおろと狼狽《うろた》えた。

「や……は、離して……」

「だめだよ、逃がさない」

「……っ」

そんなことを言っている間にも、周囲の視線を痛いほど感じる。

「ねえ、オーレリア。もう一度呼んでくれないか？」

「え？　なに、を」

「僕の名前。君の口から聞きたい」

「ど、どうして……」

オーレリアはこの状況に混乱していた。

頬が尋常でなく熱い上に、胸が痛いほど早鐘を打っている。

「ほら、早く。じゃないとキスするよ」

唇さえ触れそうな距離で、ヴィクトールが囁く。

「――やっ、待って……！」

それでなくとも近い距離がますます縮められてオーレリアは焦る。

「ひ、人が見てるから……！」

「じゃあ、人がいなければいいの？」

纏う空気がいつになく甘くて戸惑ってしまう。

「そういうわけじゃ……」

「じゃあ、やっぱりここでしよう」

「っ、やだ……！」

顎に手を添えられて仰向かされれば、もう逃げることなんてできない。

「お願い、やだ……」

今にも泣きそうになりながら弱々しくかぶりを振るが、それが彼の中に燻る欲望を刺激してしまうことにオーレリアだけが気づかない。

「じゃあ、名前呼んで？」

「え……？」

「さっきみたいに、僕の名前を呼んでお願いしてごらん？」

話の方向が微妙に変わっている。単に呼ぶだけだったはずなのに、今や「お願い」が上乗せされてしまっている。一体これは何の冗談なのと言いたくなる。けれど、彼の楽しそうな表情を見る限り、オーレリアのこの後の言動次第では、本当にここでキスされかねない。

――キスされるよりはマシだわ。

だが一度意識してしまうと、彼の名を口にすることが猛烈に恥ずかしい。さっきは彼への感謝の気持ちがあったから、意識することなくするりと言えたのだ。

「ほら、早く言って」

「や……っ」

つい、と腰を抱く手に括れをなぞられて、心臓が飛び跳ねる。

一度だけ。一度呼べばすむのだから、とオーレリアは自分自身に言いきかせると、意を決したようにヴィクトールを見上げた。その少し潤んだ紫水晶の双眸が、彼を魅了していることも知らずに。

「……ヴィ……ヴィクトール……お願いだから、やめて……」

恥ずかしさを堪えながら彼の名を呼べば、ヴィクトールが嬉しそうに微笑んだ。と同時に、よくできましたと言うかのように腰を抱いていた手が緩むのを感じて、オーレリアはほっとする。だが、安心するにはまだ早かった。

「──ああ、やっぱり君に名前を呼ばれるとたまらなくぞくぞくする」

「え……、ん……！」

目を瞠ったオーレリアが何かを言うより早く、ぐいと腰を強く引かれる。突然のことにバランスを崩し、軽くのけぞってしまったところへ彼が覆いかぶさってきた。

「ふ、ぁ……っ、ん」

避けられるはずもなく、ふたりの唇が重なる。

「うそつき……っ、やめてくれるって……」

キスの合間に喘ぐように批難する。ヴィクトールは彼女の柔らかな唇をついばみながら楽しげに言った。

「やめるなんて言ってない。僕はお願いしてごらんって言っただけだよ」

「そんな、も……またこんな……」

いつかもこんなやりとりをした気がした。

「だから、嘘なんてついてないから」

くすくすと笑いながら繰り返される甘い口づけに、抗うオーレリアの身体から次第に力が抜けていく。

苦しさに喉を震わせると、わずかに唇を浮かせてはくれるが、待ちきれないとばかりに塞がれてしまう。彼はこんなことを続けて苦しくないのかと不思議でならなかった。

徐々に頭の芯がぼうっとして、何もかもが不明瞭になってくる。分かるのは、重ねられる唇の柔らかさと頬に触れる温かな手。そして全身を包む彼の濃密な香り――。

いつ彼がキスを終えたのか、気がつけばオーレリアは彼の腕に抱き込まれるようにして辛うじて立っている状態だった。意識がはっきりとしてくるに従い、それまで聞こえなかった周りの音が、羞恥心と共に一気に押し寄せてくる。

「あ……ッ、は、離して」

とっさに彼の胸に手をつく。すると彼はあっさりと解放してくれた。壁にもたれながら乱れた息を整えていると、おもむろに彼が言った。

「パウダールームへ行っておいで」

「……え？」

「口紅、落ちてる」

「……ッ」

無言で目を瞠り、オーレリアは片手で口元を覆う。キスの余韻で思わずふらついてしま

うと、ヴィクトールが苦笑まじりに心配してきた。

「なんなら、抱いて連れて行ってあげようか」

「けっ、結構よ」

これ以上見世物になるなんて冗談じゃないわ、とオーレリアはヴィクトールをひと睨みすると、その後はまさに逃げるようにパウダールームへと向かった。

そんなふたりの甘ったるいやりとりを、たくさんの目が見ていた。そのほとんどは、ふたりの甘い空気にあてられるばかりだったが、その中のひとりだけは周囲とは異なり、激しい憎悪のこもった眼差しを向けていたのだった——。


パウダールームに入ると、そこには四、五人の令嬢がいた。

彼女たちはオーレリアが入ってくると、ぴたりと会話を止めた。だがオーレリアが俯き加減だったことで顔立ちがよく分からなかったということもあり、ちらりとこちらへ視線を向けただけで、お互いに顔を合わせるとまた話し始めた。

それを幸いと、オーレリアは隅のほうで鏡に顔を映す。

恥ずかしいほど、頬が上気していた。

できることなら、今夜は夜会がお開きになるまで、ずっとここにこもっていたかった。

しかし、何もしないまま突っ立っているわけにもいかず、とりあえず化粧直しをするふりをするために、バッグの中から口紅を取り出す。手袋を外し、指の先に紅をのせて唇に塗ろうとしていたとき、彼女たちのひとりが「ねえ」と切り出した。

「そういえば、最近カトリーナの姿を見ないわよね」

「最後に彼女が夜会に来たのって……確か先月の初めくらいじゃなかった？」

オーレリアがすぐ傍にいるのだが、さほど気にしていないのか、話す内容がそのまま耳に届いてくる。

「ねえねえ、もしかしてあれじゃない？」

「ああ、最近街で頻発しているっていう人攫《さら》い？」

「貴族の娘も攫われてるって聞いたけど、まさかカトリーナが？」

「ほら、あの子美人だし。海外で売られて――」

「やだ、冗談やめてよ。まだ誘拐って決まったわけじゃないでしょう？」

「そ、そうよね」

「あ、そういえば。カトリーナ、好きな人がいるけど、別の人と結婚させられそうだって言ってたじゃない」

「ええっ？　じゃあ、まさか駆け落ち？」

暗い話題から一転、駆け落ちに話がすりかわり、きゃーっ、と楽しそうな声があがる。

「何でもその結婚相手っていうのがカトリーナよりも二回り以上も年上で、しかも脂ぎってすごく好色そうな相手なんですって」

「やだ、最悪」

「彼女泣いてたもの。あんな人と結婚なんかしたくないって。だから、案外思いつめた果ての……っていうことなのかもよ」

「へえ……」

「だけど、それなら家が大騒ぎしそうじゃない。それがないっていうのはやっぱり誘拐じゃない？」

「やだ、やっぱり怖いわ……」

再び誘拐の話題へと戻っていき、声をひそめていく少女たち。その重苦しい雰囲気にその場にいづらくなり、オーレリアは早々に口紅を塗り終えると、そっとパウダールームを後にした。


近頃街で誘拐が頻発しているという話は、オーレリアも耳にしていた。

被害に遭っているのはいずれも器量の良い娘ばかりで、初めの頃は市井の娘が主だったが、最近ではその中に貴族の子女も含まれているという。だからなのか女学院から戻って以来、オーレリアが街に用事があって外出するときは、侍女だけでなく従者も付き従うようになっていた。

　こんなの大げさよ、とオーレリアは笑ったが、彼女以外の誰も笑わなかった。ヴィクトールが一緒のときだけは供《とも》がつかないが、オーレリアからしてみれば、彼といるときこそ一緒に来てほしいと思うのだ。

　クロフォード家に仕える者は、今や完全にヴィクトールを信頼している。それは彼自身の優れた容姿以上に、オーレリアの危機を救ったということが大きな理由であることは言うまでもないことだった。

　伯父の件に関しては、全員が知っているわけではない。だが、彼らのまとめ役である家令フィンがヴィクトールを認めていることで、彼らも自然にフィンの意に追従し、今の状態となっていた。

「間違ってるわ……」

　ほう、と小さくため息を吐きながら、元来た道を戻っていると、途中扉が少しだけ開いているところがあった。誰か中にいるのだろうかと思いつつ、前を通りかかったとき、

「ふざけるな！」と怒りを孕んだ声が聞こえて、オーレリアは思わず足を止めた。

　何事かと思わず中をそっと窺うと、ヴィクトールがふたりの客人らしき紳士と話しているのが見えた。

　何やら不穏な気配が漂っている。こんなことはするべきではないと思っているのに身体を動かせないでいると、再び紳士が声を荒らげた。

「もう少し待てと頼んでいるだけだろう」

「頼んでいる人の態度とは思えませんが」

「なんだと？　こちらが下手に出ていれば図に乗りおって……」

「侯爵、あなたが下手に出たところなんて、僕の記憶にある限り、一度も見たことがないですよ」

ふ、とヴィクトールが失笑するのが見えた。

どうやら主に話しているのは、ヴィクトールの正面にいる壮年の紳士で、その斜め後ろにいるのは、紳士の友人か知人なのだろう。壮年の紳士と年代は同じくらいに見えるが、身長は頭ひとつ分は高い。おそらくヴィクトールと同じくらいはあるだろう。整った端正な顔に苦々しげな表情を浮かべているところから、彼も同様にヴィクトールに対して好印象を抱いていないのが分かった。

「この、薄汚い金貸し屋が……！」

自分よりも遥かに若いヴィクトールに鼻で笑われたことで頭に血が上ったのか、紳士は苛立ちも露わに罵《ののし》った。しかしそれにもヴィクトールはまるで動じず、さらりと言い返したのである。その、端麗な美貌にひやりとするような冷笑を浮かべて。

「じゃあ、その薄汚い金貸し屋から借金をしているあなたは、一体何とお呼びすればいいでしょうね」

「……き、貴様……ッ」

「この際はっきり言わせていただきますが、こちらは国で定めた法にのっとって商売をしているんです。利息も当然決められた範囲内でしか頂いていませんし、あなたもそれを承知の上で僕に貸してほしいと頼んだはずですよ。それを今になって強欲だの不当だのとおっしゃるのなら、僕はあなたの直筆の署名が記載された書類を公の下に晒します。――もう一度だけ言います。これ以上の延滞は聞けません、来週までに全額返済していただきます。返せないなら、担保にしていたお屋敷を頂くのでも僕は一向に構いませんよ」

「…………！」

笑みすら消して淡々と言い放つ最後通牒《つうちょう》が決め手となった。侯爵は顔を真っ赤にして何事か言い返そうとしていたようだが、数回口をむなしく開閉させただけで何も言えず、腹立たしげにヴィクトールを睨みつけると、扉へと踵を返した。

こちらへ来ると気づいたオーレリアは、慌てて周囲を見渡し、花々が活けられている大きな花瓶を見つけて、そこへ身をひそめる。

直後、ばん、と荒々しく扉が開け放たれ、怒気も露わな紳士が出てくる。振り向くこともなく去っていく背中を息を詰めて見つめていると、その後に続いて長身の紳士が姿を現した。

長身の紳士は去り際にちらりと室内へと視線を向けていたが、その顔にはひどく苦々しい表情が浮かんでいた。

やがてふたりの紳士の姿が完全に見えなくなっても、オーレリアはそこから動けないでいた。

「もう入ってきて大丈夫だよ」

「っ！」

ずっと息をひそめていたのに、室内にいるはずのヴィクトールからいきなり声をかけられて、オーレリアは驚いてしまった。自分へかけられた言葉なのか、オーレリアは判断に迷う。いや、気づかれていたはずがない。素知らぬふりをして去るべきか、どうしようかと迷っていると――。

「そこにいるのはオーレリアだろう？　大丈夫だから入っておいで」

「…………」

やっぱり気づかれていた。

話を立ち聞きしてしまったうえに、その内容が想像以上に深刻だったので、オーレリアは気まずさから神妙な面持ちで室内へ入ると、暖炉の前に立っているヴィクトールの傍へと歩み寄る。

「あの……」

「嫌なところを見せてしまったね。怖かっただろう」

嫌味でも言われるのだろうかと思っていただけに、気遣う言葉をかけられて、オーレリアは逆に戸惑った。

「ごめんなさい、立ち聞きをするつもりはなかったの」

「構わないさ。ああいうことは珍しいことじゃない」

「え？」

「こういう仕事をしているとね、悪しざまに罵られることなんて日常茶飯事《さはんじ》だよ。だから、今日みたいに悪態をついてさっさと帰っていくのは、まだまだかわいい方」

「……そうなの……」

穏やかに微笑みつつも、語られる内容は想像以上に深刻で、オーレリアは動揺を隠せない。

話していたときの彼の表情に対してもだ。まるで虫けらを見るような眼差しで相手を見下し、冷笑と共に残酷な言葉を突きつけていた。

令嬢たちからオーレリアを庇ってくれたときの彼は、嫌悪感を滲ませてはいたが、あそこまでの冷たさはなかった。彼女たちはまだ手加減されていたのだ。

そんな彼を見ていて、オーレリアは漠然と思った。

「ねえ、どうしてこんなことをしているの？」

「こんな……って、貴族相手に金貸し？」

こくりとオーレリアは頷く。

ずっと不思議だった。豪商の出自で並の貴族よりも遥かに裕福な彼が、あえてこんな行為をする理由が分からない。あんな目で睨まれるのが日常茶飯事だなんて、オーレリアにはとても耐えられない。

だがそんなオーレリアに、ヴィクトールははぐらかすように明るい口調で言った。

「嬉しいね。僕に興味を持ってくれるの？」

いつもなら、強い口調で否定するはずのオーレリアだが、このときはひどく途方に暮れたような頼りなげな表情で、ゆるりとかぶりを振るだけだった。そのいつもとは違う反応に、ヴィクトールが意外そうに小首を傾げる。

「そういうわけじゃ……。ただ、さっきの様子を見ていると、あなたはわざと相手の怒りを煽っているように思えたの。だって、あなたはお金に困っていないのだし、少しくらい期限を延ばしてもいいはずでしょう？　なのにあなたはあえて冷たい態度をとることで、自分の立場が悪くなるように仕向けていたように思えて……」

「オーレリア……」

ヴィクトールが驚いたように目を瞠る。だがその表情は、暖炉に向かって彼と並んで立っているオーレリアには見えていなかった。

「やっぱり、君はすごいね」

「え？」

しばしの沈黙の後に彼が感心したように呟く。オーレリアが顔を上げると、彼はいつもの穏やかな微笑みを浮かべていた。

「どうしてこんなことをしているのか、と訊いたね」

「え、ええ」

「君の推測は概《おおむ》ね間違ってないよ。それに、僕は元々ああいう手合いは嫌いでね」

「じゃあ、どうしてそんな嫌な人を相手にするの？」

「僕がこんなことを続けているのは、金儲けのためじゃない。……君が言ったように、僕に悪評が立つことが理由……かな」

謎めいた返答に、オーレリアの困惑が深まる。彼には、オーレリアの知らない何かがある。それを知りたいと、このときオーレリアは強く思った。

「どうして、そんなこと――」

ヴィクトールを見つめて問いかける。けれどそれに対する答えはなかった。

一瞬視界が陰り、柔らかなものが唇に重なる。

彼に口づけられている。オーレリアは驚いて身を捩ろうとしたが、肩と腰にまわされた手に妨げられる。

「んっ、ん……ゃ……っ」

唇を割って入ってきた舌に、口内を愛撫される。舌を絡められ、敏感な場所をことさら責め続けられるうち、次第に脚が震え始めてその場に立っていられなくなってしまう。

そのことに気づいたヴィクトールは、キスを続けたまま、ゆっくりと体勢を下ろしていくと、もはや自力では立っていることのできないオーレリアの身を、暖炉の前に敷いてある毛足の長いラグの上に横たえた。

そうして再びじっくりと彼女の柔らかな唇を味わうにつれ、甘えたような切ない濡れ声が重なる唇越しに伝わり、ヴィクトールの熱を煽った。

キスをしながら、するり、とドレスの裾から手を滑り込ませると、蕩けていたオーレリアの双眸にわずかに理性の明かりが灯る。

「や……っ、いや……」

弱々しくかぶりを振って逃れようとするオーレリアを追い、震える唇を奪う。

「こんな……ずるい……」

「ずるいって、何が？」

「質問に、答えて、ない……」

「聞いても別に楽しい話じゃないよ」

「夜会に、……もどらないと……」

「戻ったら、またみんなに注目されるよ？　それに君と僕がいない時点で、僕たちが今頃何をしているか、みんな気づいてるさ。それなら期待に応えるべきだろう？」

「そんな、の……やだ……っん、ん」

「さあ、もうおしゃべりの時間は終わりだよ」

「……ふ、ぁ……」

キスの合間に交わされる会話は徐々に途切れがちになり、後は濃厚な行為だけになる。

ドレスの袖が肩から引き剝かれ、雪肌の乳房がふるんと揺れながらこぼれ出る。形の良いふくらみは、彼の大きな手に包まれてたちまち卑猥に歪められていく。下から掬い上げるように揉まれながら、赤く色づいた先端を悪戯に摘まれると、不意打ちの鋭い快感にオーレリアは胸を突き出すように背をしならせながら高く息を吸った。

巧みな愛撫に、抗う術を知らない身体は高められていく。彼の手に触れられるたびに頭の芯がじんと痺れて、全身から力が抜けてしまう。

愛撫の合間に彼の手で身に纏っているものが脱がされていく。着るときにはあれほど手間をかけたはずなのに、気がつけば一糸纏わぬ姿で彼に組み敷かれていた。

彼の唇が、オーレリアの肌をゆるやかに滑り下りる。首筋、乳房から腹部へと、キスの跡を残しながら。やがて唇が腹部より下へとたどり着くと、ヴィクトールは一旦身を起こし、両手をオーレリアの膝裏へと差し入れた。

両脚を割り開かれて胸につくほど押し上げられる。何も思う間もなくはしたなく濡れた秘所に舌を這わせられて、オーレリアはびくびくと打ち震えながら甲高い嬌声をあげた。

柔らかな肉に蹂躙《じゅうりん》される口淫は、指で触れられるよりも遥かに快感が強く、性に初心なオーレリアはたちまち啼き乱れてしまう。

「はあっ、ああっ、あぁっ……や、あぁ……！」

「かわいい、オーレリア、もっと啼いて」

オーレリアが濃厚すぎる愛撫に耐えきれずに泣いてしまうと、それに煽られてヴィクトールの口淫が熱を増していく。溢れる蜜を、音を立てて吸い上げながら、彼の舌が赤く色づく亀裂を上下に這う。そうしながら、熱く疼いているそこにずぶりと舌を捻《ね》じ込まれれば、まるで彼自身に犯されているような錯覚に切なく子宮が疼き、オーレリアの甘ったるい嬌声が一際高くなった。

秘所への口淫だけで何度昇りつめたのか。時間の感覚などとっくになくなっていた。

全身をくまなく愛撫され、何度も強制的に押し上げられ、喘ぐ以外に何もできなくなった頃、オーレリアは蕩けきった身の内を貫かれた。

「あっ、あっ、や……っ、あぁっ」

四肢をついて獣のように這いつくばりながら後ろから犯される。両手で乳房を荒々しく揉まれながら、肌を打ち付けるように突き上げられて、オーレリアは痛みと快楽のはざまでひたすら啼いた。

やがて息を荒らげた彼がオーレリアの最奥に熱を解き放つと、その熱さにわななくようにオーレリアもまた昇りつめた。

ずるりと楔が抜け、支えを失った身体が崩れるように柔らかなラグに沈みこむ。睡魔に誘われるままに目を閉じていると、彼の手で仰向けにされた。

「まだ夜は始まったばかりだよ」

そうして緩やかに覆いかぶさった彼の緩慢な口づけをきっかけに再び始まる愛撫に、オーレリアは眠ることを許されずに快楽の海に放り出される。

後はもう彼にされるがままで、哀願の訴えも拒絶の嘆きも、彼を煽る媚薬でしかなかった。

——この夜、オーレリアが何度果てても解放されることはなかった。

夜会の優雅な音楽が微かに聞こえる中、彼女はヴィクトールのためだけに甘い音色を奏で続けていた——。


夜更けになり、ヴィクトールは目を覚ました。

視界を巡らせた先に見えた窓がしっとりと濡れていて、ああそれでか、とヴィクトールは独り言つ。

しとしとと肌にまとわりつくような霧雨《きりさめ》が降る夜、ヴィクトールは必ず目を覚ます。かつての記憶を揺り起こすように、嫌な動悸を伴って。

——あれからもう十年以上経つというのに。

だが、今夜は目は覚めたものの、あの胸苦しさがないことにヴィクトールは気づいた。

なぜ——そう思いながら、ふと隣を見るとオーレリアが静かに眠っていた。

目じりに残る涙に、夜の出来事を思い出して、自分の執拗さに我ながらうんざりした。

彼女が初めて自分に関心を示してくれて嬉しかったはずなのに、はぐらかすように抱いてしまった。終わらない行為に、ついには泣きだした彼女が、お願いだからもう許してと縋る姿にさえ、たまらなく欲情してしまい、結果彼女が気を失うまで寝室にもいかず際限なく求めてしまった。

毛織の掛け物にくるまって眠る白い顔が、暖炉の明かりを受けてほんのりと赤く染まっている。その顔が安らいでいるように見えるのは、ようやく解放された安堵からなのだろうかと思うと、ヴィクトールは思わず苦笑してしまった。

ヴィクトールは最初の時と変わらずオーレリアの中で終わりを迎えていた。彼女がそれを望んでいないことは百も承知だったが、ヴィクトールは構わなかった。自分の子を宿すことで、オーレリアの逃げ道を完全に断つことができるからだ。

指先で涙の名残に触れながら、ヴィクトールは本当にどうして彼女なのだろうと思う。

こんなことは初めてだった。他のどの女の涙にも、ヴィクトールはこれまで心が動いたことはなかった。ヴィクトールにとって女は欲望のはけ口にすぎず、行為の途中で女たちが流す涙に意味など考えたことはなかった。――それが、オーレリアだとどうしてこんなにも揺さぶられてしまうのか。

確かに綺麗な子だとは思う。だが、単に綺麗な女なら、これまでにもいくらでもいた。一体彼女の何が、自分をこんなにも捉えているのだろう。夜会の席で、あんなふうに見せつけるように口づけたりなんて、これまでどの女にもしたことがなかったのに。

そういえば、とヴィクトールは初めてオーレリアを抱いた夜を思い出す。

ヴィクトールは抱いた相手と朝まで共にすることはない。――それが、あの夜に限っては彼女が出ていったのにも気づかずに熟睡していた。

そして今もまた、苦手な雨の夜を、こんなにも心穏やかに過ごすことができている。

「不思議な人だな、君は」

そっと柔らかな身体を抱き寄せると、ふわりと甘い香りと共に穏やかな温もりが伝わってきて、一旦は手放した睡魔が緩やかに舞い降りてくる。

本当は、もう少し早いうちに家に送り届けるはずだったが、こんな時刻になってはそれも無理だろう。

ヴィクトールは、クロフォード家での自分の立場を正確に理解している。オーレリアを除く全員が、将来ふたりは結婚するものと信じて疑っていない。だからたとえ今夜オーレリアが帰らなかったとしても、騒ぎになることはないことも分かっていた。

だからといって、婚前にふたりが深い関係になることを歓迎していると思うほどには、ヴィクトールは楽天家ではなかった。

——夜会の後、ようやくふたりきりになれて話し込んでいたら、すっかり遅くなってしまったので、そのまま泊まらせた。オーレリアは最後まで迷っていたが、最近は人攫いも出るし危ないから、自分が強引に引き留めた。

それなら疑われない。オーレリアの身を何よりも案じる彼らなら、彼女が攫われるよりも、ヴィクトールのもとに留まることを望むはずだから。そして何より、彼女の名誉も守ることができる。

うまい口実ができたことに満足しつつ、腕の中で静かに眠るあどけない寝顔を見つめる。

「明日、目が覚めたときの君の反応が楽しみだよ」

あのときは彼女がいないことにどれほどがっかりしただろう。

だから今度は逃がさない。

「おやすみ、かわいいオーレリア」

柔らかな唇に口づけると、今一度力の抜けた身体を抱き寄せる。まるで、自分の中に閉じ込めるように包み込むと、彼はようやく安堵したように目を閉じた。

第七章　変化の兆し

目が覚めた瞬間、視界に飛び込むのが、絶世の美貌を持つ男という状況は恐ろしく心臓に悪い。

「……ッ!?」

「おはよう、オーレリア」

にっこりと微笑む顔がまぶしすぎる。

「えっ、な、なに……？　え……!?」

自分の状況が摑めずに混乱していたオーレリアは、昨夜のことを思い出すに従い、その雪白の肌をみるみる赤く染めた。そしてその直後には一気に青くなった。

「うそ……わたし……!?」

身じろぎしかけて、自分が何も身に纏っていないことに気づくと、ぎょっとして身体を覆う掛け物を引き上げる。肌を隠しながら見上げた窓の外は既に明るく、もはや言い訳などできない時間だ。

とんでもないことをしでかしてしまった、とオーレリアは狼狽《うろた》える。だが、ヴィクトールはそんなオーレリアに「大丈夫だよ」と声をかけた。

「クロフォード家には昨夜のうちに使いを出しておいたよ。君は昨夜僕と話し込んでいて遅くなったから、僕が無理を言って泊まらせたとね。近頃は人攫いも多いし危ないから」

「……あ、そ、そう……」

ほっ、と安堵の息を吐くが、それですべてが解決したわけではなかった。

手の届くところに服がない。見れば昨夜彼に脱がされたドレスや下着は足元のほうに丸くわだかまっている。あれを取るには、起き上がって移動しなくては手が届かない。けれど、今唯一肌を隠している掛け物はヴィクトールと共有しているから、オーレリアが身体に巻き付けて使うわけにもいかない。

こんな姿のままでいて、もしまた彼がその気にでもなったらどうすればいいのか。それがオーレリアには気が気でない。じわりと背中を彼に向けつつ、オーレリアはどうにかしてあの服を取れないか考える。

そのとき、肩にするりと手が触れて、オーレリアはぎくりと身をこわばらせた。

「あ、あの……っ、わたし……」

ひたすら身を小さくしていると、そのまま肩を引かれて仰向けにされる。ゆっくりと覆いかぶさってくる端麗な顔には、妖艶さのにじむ微笑みが浮かんでいて、どうして男なのにそんな色気があるのかと不思議なほどに、彼の深い青の眸に見つめられると訳もなく胸が高鳴った。

笑みを刻んだ唇が、ゆっくりとオーレリアに重ねられる。けれど、触れ合わせただけですぐに離すと、彼は緩やかに身を起こした。どうしたのだろう、とオーレリアは戸惑ったように見上げる。その物言いたげな表情で気づいたのだろう。ヴィクトールが淡く苦笑した。

「さすがに昨夜は無理をさせたからね。今はこれで我慢するよ」

「………っ」

かあっと頬が火照る。彼の言葉に昨夜の行為を思い出したからではない。てっきり、また抱かれると思っていたからだ。勝手に思い込んでいただけだと気づいた瞬間、オーレリアは無性に自分が恥ずかしくなった。

身を起こした彼がそのまま立ち上がる。動揺した心のまま何も考えられずに目で追ったオーレリアは、彼の姿を見てぎょっとした。裸の上半身に加え、トラウザーズこそ穿《は》いているものの、留め具は未だ外れており、そこから引き締まった下腹部が見えていたのだ。

「とりあえず着替えてから朝食にしよう。今日どうするかは……」

言いながらシャツに袖を通したヴィクトールは、いつの間にか背を向けていたオーレリアの耳が赤くなっていることに気づくと、くすりと笑った。

「別に見ても構わないよ」

衣擦れの音と共に聞こえる楽しげな声に、目をぎゅっと閉じたままオーレリアはかぶりを振る。

「見ないわよ！」

「そう？　僕は君の裸はずっと見ていたいけど」

くすくすと笑う声に、羞恥心を刺激される。やがて着終わったヴィクトールが「もうこっちを向いてもいいよ」と言うまで、オーレリアは目を閉じたままだった。

「ああ、そうだ。街に新しくカフェができたらしいんだ。もし、リシャールの体調が良さそうなら一緒に行ってみようか」

「えっ？」

思いがけない誘いの言葉に、オーレリアががばりと起き上がる。胸元を掛け物で覆うだけのあられもない姿だったが、そんなことも気にならないくらい、オーレリアは驚いていた。

「リシャールを？」

「ああ。昨日は君がいなくて寂しい思いをしただろうから、そのお詫びも兼ねてね」

突然の申し出に、オーレリアはとっさに言葉が出ない。昨夜といい今といい、彼の言動には驚かされてばかりだ。これまでは、オーレリアを手に入れるためにリシャールを味方にしようとしているのだと思っていた。だが、ヴィクトールの昨日の発言を聞く限り、彼はオーレリアが思っている以上に弟のことを理解している。そして、今もリシャールを気遣いながら、共に出かけようと誘ってくれている――。

そこにどんな意図があるのか、オーレリアには分からない。けれど、これまでリシャールのことをこれほど気にかけてくれる人は、伯父を除いてはいなかった。

「ねえ、どうして、そんなにリシャールのことを気にしてくれるの？」

どうしても気になって訊ねると、ヴィクトールは困ったように苦笑した。

「迷惑だったかな。それなら――」

「いいえ、違うの。迷惑なんて思っていないわ。弟のことを気にかけてくれて、逆に感謝しているくらいよ」

かぶりを振りつつ慌ててオーレリアが答えると、ヴィクトールが驚いたように目を瞠った。

その表情で、とっさとはいえ彼を認めるような発言をしてしまったことに気づき、オーレリアは狼狽えてしまう。

「君からそんなふうに言われると調子が狂うな。でも、嫌がられなくて安心したよ」

「え……」

「後で侍女を寄越すから、少し待っていてくれ」

そう言い残すと、彼は部屋を出ていった。

閉じられた扉を見つめたまま、オーレリアは困惑していた。

何だろうあの表情。あんな顔初めて見た。

「そんな嬉しそうな顔されたら、こっちだって調子が狂うじゃない……」

胸の前で合わせた掛け物をきゅっと握りしめる。

なぜか、耳朶が熱く疼いて仕方がなかった。


侍女の手を借りて着替えたオーレリアだったが、ドレスを纏うまでの間、ひたすら赤面し通しだった。湯浴みを終え、鏡の前に立つまで、オーレリアは自分の身体をよく見ていなかったのだ。

肌のいたるところに散らばる赤いあざのようなもの。それが彼によって刻まれたものだと気づいた瞬間、オーレリアは着替えの手伝いを頼んだことを死ぬほど後悔した。赤い印は首筋に始まり、胸や腹、腰や太腿などいたるところにつけられてあった。まさか背中にもと思ったが、恥ずかしすぎて訊けなかった。

着替えの間、頬から熱の引かないオーレリアだったが、救いといえば手伝ってくれる侍女が高齢と言ってもいい女性だったことだ。

そうして改めて気づく。この屋敷には若い侍女がいないことに。少ないのではなく、ひとりもいないのだ。側仕えや給仕係こそそれなりに若い男が働いているが、女性に限ってはどんなに若くとも六十は超えているようにオーレリアには思えた。

どうしてだろう。あの男のことだから、てっきり仕える侍女も若くて綺麗な女性ばかりを選ぶと思っていたのに。

「お茶のおかわりはいかがですか」

「……あ、ありがとう、リオン。いただくわ」

問いかけてくる声に、オーレリアははっと意識を戻し、従者の青年に微笑む。

青年——リオンは、オーレリアがこの屋敷に初めて訪れたときに、別室へと案内したあの給仕係だった。当初、自分よりも若いと思っていたオーレリアだったが、『もしかして誤解なさっていらっしゃるのでは……』と申し訳なさそうに聞かされた年齢を知って、オーレリアは驚いた。オーレリアの目にはどう見ても十五、六の少年にしか見えない彼は、実はとうに二十歳を超えていたのである。

自分よりも年上の相手を年少者として扱ったことに対して、申し訳なく思ったオーレリアは謝ろうとしたのだが『慣れていますし、この顔で得をすることも多いので』とリオンは気にする様子もなく、にっこりと笑った。その屈託のない笑顔で、オーレリアはほっと安堵したのである。

そういう経緯もあってか、他の使用人らと比べて彼とは話しやすく、この日もヴィクトールが朝食後に仕事があるからと席を外している間、オーレリアはリオンの給仕を受けていたのであるが——。

「ねえ、リオン」

「はい」

「この家には、若い侍女がいないようだけど……」

「はい。おりません」

あっさりと頷くリオンに、不思議に思ったオーレリアは理由を訊ねた。

「旦那様が、若い女性は面倒だからと、お雇いにならないのです。以前は若い侍女もいましたが、やたらと色目を使ってくるので寛げないと全員解雇なさいました」

「え……？　あの人が？」

あからさまに驚くオーレリアに、リオンは思わず笑った。笑うと童顔がさらに強調されて美少年の面持ちになる。

「ええ。意外だと思われるでしょう？　世間では、来る物拒まずだの節操がないだの散々言われている旦那様ですが、ああ見えて意外と女性に対しては淡白《たんぱく》なんです」

遠慮なく主人をこき下ろす台詞を口にするリオンに、オーレリアは呆気にとられつつもさらに質問する。

「でも、彼……いつも恋人がいるじゃない」

「それは、面倒だからですよ。女性が隣にいればとりあえずは他に寄ってこない。旦那様にとって女性は性のはけ口ですから、お相手は誰でもいいらしいのです。だから当然長続きしなくてすぐに別れてしまう。で、すぐに次のお相手ができる――その繰り返しです。捨てられたお相手の方は納得がいかないようですが、誰に対しても一貫して同じ態度なので、諦めざるを得ないという感じでしょうか」

「……でも、そんなことしたら誰も付き合いたいなんて思わないんじゃ……」

「まあ、あのお顔ですし、当然女性の扱いもお上手ですから、少しでもチャンスがあるのならと思う方は多いようですよ。実際、抱いてもらえるだけでもいいと望まれる女性も多いですから」

いつだったかそんな話を聞いた気がする。結婚前に処女を散らしてほしいと懇願されたこともある、と彼は言っていたのではなかったか。

「だけど、そんなの……」

オーレリアには到底理解できない。それが顔に出たのだろう。リオンが小さく苦笑した。

「さすがに相手は選んでいるようですよ。関係を持った後でもめ事が起こらないような相手としか付き合わないようですし。結婚間近のご令嬢に思いつめた顔で懇願されたことも何度かあったようですが、それはお断りしていたようです」

「え？」

「サロンで泣きじゃくるご令嬢を宥めて、時間をかけて説得なさっておいででした」

初めて聞く話に、オーレリアは驚いた。彼はあのとき言っていたではないか。結婚前に相手が処女だなんて面倒なだけだと。なのに、彼はその真逆のことをしたというのか。

それなら、なぜわたしにはあんなことを――。

ますます彼という人が分からなくなる。

「……つまり、わたしも彼にとっては後腐れのない相手だということなの……？」

ぽつりと呟いてみて、思いがけず胸が痛んだことに、オーレリアは戸惑った。

けれど、その呟きを聞いたリオンは小首を傾げた。

「逆だと思いますよ」

「……え？」

「むしろ逆だから、旦那様はあなたを望まれたんだと思いますよ。実際、僕の目から見ても、旦那様のあなたへの接し方は甘ったるすぎて、見ていて恥ずかしくなります。昨夜のことだってそうです。あんなふうに人目もはばからずに迫るなんて、これまでの旦那様にはありえないことです」

「…………」

リオンの言葉で、オーレリアは昨夜の出来事を思い出して頬を赤らめた。

「余計なことを言うんじゃないよ、リオン」

不意に割って入った声に、ぴたりとリオンは口を閉ざした。オーレリアが振り返ると、サロンに入ってきたヴィクトールがこちらへ向かって歩いてくるところだった。

「まったく、お前はおしゃべりが過ぎる」

「申し訳ありません、不安そうになさっているお嬢様がお気の毒でつい」

「つい、じゃないだろう。確信犯のくせに」

恭しく畏まる従者に対して、ヴィクトールが苦々しげに眉を顰める。もう下がれ、とそっけない言葉で従者を追い払うヴィクトールを、オーレリアは言葉もなく見つめる。

「どうかした？」

じっと見つめてくるオーレリアに気づき、ヴィクトールはいつもの笑みを浮かべた。その綺麗すぎる顔を見上げたまま、オーレリアはぽつりと言った。

「誰にでもあんなふうに迫るんだと思ってたわ」

「……君、僕が女なら誰でもいいと思ってるとか本気で考えてない？」

「違うの？」

心底意外そうに訊き返すと、ヴィクトールの端麗な顔が笑顔のまま固まった。

「……ねえ、オーレリア。時々君がかわいすぎて、滅茶苦茶に犯したくなるよ」

「えっ」

わずかに低くなった声音に凄みが増して、ぎょっとしたオーレリアが思わず後ずさる。

「で、出かけるんでしょう？　リシャールが待っているし、早く行きましょうよ」

「別に僕は出かけなくてもいいけど。君と一日部屋に閉じこもっていても全然構わないよ」

にっこりと笑っていることが逆に怖くて、オーレリアの動揺に拍車がかかる。その狼狽えぶりにヴィクトールは少しだけ満足したようだった。

「まあ、折角の君からのお誘いを断るわけにもいかないか」

「さ、誘ってないわよ」

「そう？　じゃあ、やっぱり今日は君と一緒に一日部屋に閉じこもって――」

「っ、は、早く出かけましょ」

勢いよく踵を返して玄関ホールへと向かう。その慌てる背中にくすりと笑いかけながらヴィクトールは後に続く。

「まあ、僕もリシャールには聞きたいこともあるし、君を抱きつぶすのは次回にお預けにしておくよ」

些《いささ》か物騒なことを呟きながら、ヴィクトールは馬車へと向かった。

第八章　明かされた事実

「近頃は体調が良さそうだね。顔の血色もいいし、少し頬がふっくらしたかな。食欲はどう？」

「うん、いっぱい食べてるよ。皆もぼくがいっぱい食べるから驚いてる」

伯父が失踪して以来、リシャールの往診はクレイグが引き継いでいる。一通りの診察を終えた後、彼は往診鞄から薬袋を取り出すと、傍で診察の様子を見ていたオーレリアに手渡した。

「いつもありがとう、クレイグ」

「いや、僕にできることはこのくらいだからね」

「本当にあなたには感謝しているわ。このところ、リシャールの具合がとてもいいの。先週、久しぶりに街に一緒に出かけたけれど、その後も体調を崩さなかったし……」

オーレリアは穏やかに微笑みながら、シャツのボタンを留めている弟へと視線を向ける。

先週、ヴィクトールに誘われてカフェに行ったときのリシャールの様子を思い出すと、オーレリアの表情は自然とやわらぐ。

久しぶりの外出に加え、憧れのヴィクトールと一緒ということもあって、リシャールはとても嬉しそうだった。

「以前はよく熱を出していたのに、最近はそういうこともなくて……、やっぱりクレイグや伯父様が言ってたとおり、成長するにつれて落ち着いていくのね」

「……ああ、そうだね」

――ほんの一瞬、クレイグの目が揺らいだ。だがリシャールに意識をとられていたオーレリアはそのことに気づかなかった。

「クレイグ、今日はこの後は？」

「――ああ、あと何件か往診が残っているよ」

クレイグを見送るためにオーレリアも共に部屋を出る。

部屋を出て階段へと向かう途中、クレイグが足を止めてオーレリアを振り返った。

「ずっと気になっていたんだが、彼の件はどうなったんだい？」

「……彼って、ランバート伯とのこと？」

「ああ。噂じゃ、君と彼が付き合って婚約したとか、結婚間近だとかいろんな話が耳に入ってくるんだよ」

そういう噂が流れていることはオーレリアも知っているが、それを実際に聞かれると自然と頬が熱くなってしまう。

「け、結婚なんてしないわよ。婚約だってしてないもの。あれは彼が勝手に言っているだけで……」

「じゃあ、付き合っているだけ？」

「ええ。付き合っているというか、付き合わされているというか……」

「彼に借金の件で脅迫されて付き合ってるんじゃないのか？」

心配そうに訊ねてくるクレイグに、オーレリアは驚く。

「どうしてそう思うの？」

「あの後、僕も彼の噂を色々と耳にしたけれど、どれもよくない評判ばかりじゃないか。君に彼を紹介するときにそれを知っていればと後悔しているくらいだ。真面目な君が、あんな男と一緒にいるなんて、君のためにも――」

「そんな言い方しないで」

思わず言い返したことに、オーレリア自身驚く。

ヴィクトールの様々な噂はオーレリア自身も知っていたし、直接本人に言ってなじったことさえあったというのに。他の人が彼のことを言うと、どうしてこんなにも苛立ってしまうのか。

「ごめんなさい、クレイグ。その……噂は全部本当っていうわけじゃなくて、わたしも彼と一緒にいるようになってから知ったこともあるのよ。それに彼、リシャールにもよくしてくれて。——あ、そうだわ。彼、伯父様の借用書も取り返してくれたの」

言いながら、ちょうど自室の前だったこともあり、少し待っててと言い置いて、オーレリアは自室に入ると書棚に戻しておいた伯父の借用書を取り出す。

「ねえ、オーレリア。君、世間でなんて噂されているか知ってる？」

「え？」

不意に背後から声をかけられて、てっきり部屋の外で待っていると思っていたオーレリアは、驚いて振り向く。

「わたしの噂？」

手に持った借用書を差し出しながらオーレリアが問いかければ、クレイグはそれにちらりと目を向けただけで、すぐに視線を従妹へと戻した。

「初めは信じられなかったんだ。だって、君はそういうことにはとりわけしっかりしていると思っていたから」

「……何？　どういうこと？　意味が分からないわ」

曖昧にぼかした言い方に、オーレリアは困惑する。一体従兄は何が言いたいのだろう。だが従兄の表情が先ほどまでとは異なることだけは、オーレリアにも分かる。それはこれまで彼が従妹には決して向けたことのないもの——昏い劣情を孕んだ眼差しだった。

彼はいつでもオーレリアたち姉弟に対して、紳士的で優しかった。その思いが、よりオーレリアを困惑させ、皮肉にも警戒心を鈍らせる結果となってしまった。

「近頃の君は蕾が開くように美しくなって、見ていて本当にどきどきするよ」

言葉とは裏腹にどこか淡々とした口調に、オーレリアの戸惑いが増していく。

「……クレイグ、どうしたの……？」

「──あの男に抱かれたから、こんなに綺麗になったのか？」

「え？」

「皆言ってる。ランバート伯爵はクロフォード家の美しい令嬢にいたくご執心《しゅうしん》で、会うたびに君の身体を貪《むさぼ》っているってね」

「……っ」

まさかクレイグの口からそんなことを聞かされるとは思いもしなかったオーレリアは、とっさに取り繕うことができずに、あからさまに狼狽えてしまった。そして彼女のその反応に、クレイグは噂が真実なのだと悟ったようだった。

どさり、と物が落ちる音がした。その音に気を引かれて目を向ければ、従兄の往診用の鞄が足元に落ちた音だった。──直後、隙を突かれて両肩を強く摑まれる。

「……きゃっ！」

肩を押されたかと思うと、背中に強い痛みが走る。傍にあった机の上に押し倒されたのだと気づいたときには、オーレリアはクレイグの手に両手をひとまとめにして押さえつけられていた。

「ク、クレイグ、なにするの……」

今や怯えも露わに蒼白になっているオーレリアを欲に染まった目で見下ろしながら、クレイグは薄く笑った。

「君はお堅《かた》そうだし、父がことのほかかわいがっていた大切な姪だから、これまでそういう対象で見ないようにしてきたけれど、あの男に簡単に堕ちるくらいなら、もっと早くこうしていればよかったよ」

「……な、なにを言っているの……」

どくどくと胸が早鐘を打っている。この状況で、彼が何をしようとしているのか分からないはずがなかった。なのに、喉がこわばってしまい思うように声が出せない。身体が、恐怖に竦んで動かすことさえままならない。

そんなオーレリアの恐怖を読み取ってか、クレイグは空いている手で彼女のドレスの裾に手を滑り込ませた。滑らかな肌を、彼の少しかさついた手が味わうように撫で上げていき、腰で結ばれているだけの下着の紐を引きほどく。

「い、いや……やめて……」

「後悔したよ。こんなに簡単に君を抱けるなら、あのときもっと強く僕のもとへ来るように言うべきだった、ってね」

「……クレイグ、あなた……」

「あの男に抱かれて、どんなふうに乱れてるんだ？　――ここに、何度あいつを受け入れた？」

「いや……ッ」

スカートがばさりとめくりあげられる。さらに下着を乱暴に剝ぎ取られて、左の膝裏を強く摑まれて強引に割り開かれれば、オーレリアは羞恥を凌駕する恐怖で掠れた悲鳴をあげた。

「——へえ、これはまた……」

そこを食い入るように覗いているクレイグが、ごくりと喉を鳴らす。あからさまな欲望の視線。そこにいるのは、もうオーレリアが知る優しい従兄ではなかった。

「剃っているわけでもなさそうだし、伯爵が君にご執心なのも分かる気がするよ」

膝裏から離れた手が、オーレリアの柔らかな恥丘を撫でて楽しむ。

「いや、お願いクレイグやめて……!」

彼の手を拒もうと、オーレリアはなりふり構わずに腰を捩って抗う。それに苛立ったのか、クレイグはオーレリアの膝裏を摑んで再び押し上げると、自身の身体を机に押し付けることで、彼女が脚を下ろせないようにした。その上で自身のトラウザーズの留め具を外し始める。

「嫌、いやぁ……っ!」

「あの男だけがいい思いをするなんて、そんなのずるいだろう？　もう父もいないんだ。僕が君を好きにしたって構わないはずだ」

「……っ、クレイグ……!?」

今、従兄は何て言ったの？　驚くあまり、オーレリアは抵抗することも忘れて呆然とした。そういえばさっきも彼は言っていた。『父がことのほかかわいがっていた』と。その言い方はまるで――。

「クレイグ、あなたまさか……」

オーレリアの反応に、クレイグは自分の失言に気づいて一瞬顔を顰《しか》めたが、すぐに歪んだ笑みへとすり替わる。

「ああ、そうだよ。失踪したなんて嘘さ。父は、――あの煩《うるさ》い男はもうこの世にはいない」

「なんてこと……じゃあ、伯父様が借金をしたという話は……」

「あれは君の家屋敷を担保に入れるときに、父の名前を拝借《はいしゃく》したんだよ。生真面目すぎる父は何かと僕の私生活に干渉してね。やれお前は金遣いが荒すぎるだの、素行が悪すぎるだのと、顔を合わせるたびに説教してくるんだよ。鬱陶《うっとう》しいと思わないかい？」

「酷い……伯父様を……酷いわ、クレイグ……」

涙を滲ませて批難するオーレリアを、クレイグは皮肉っぽく鼻で笑う。

「残念だよ、オーレリア。君のことは嫌いじゃないが、こうなってはしようがない。君の身体は魅力的だがあきらめるしかないね」

彼の手が、オーレリアの首にかかる。

「やめ……」

「あの世で大好きな父に再会するといい」

ぐっ、と喉への締め付けが強くなる。片手だけだというのに、その力は確実にオーレリアから呼吸を奪っていた。

「……ッ」

吸うことも吐くこともできず、頭の中が割れそうに脈打っている。空気が欲しいと、全身が苦痛に喘いでいた。

苦しみの最中、涙のにじんだ目で見上げてオーレリアは戦慄した。彼女を見下ろす従兄は、まるで罪悪感など覚えていないような薄笑いを浮かべていたのである。

——狂ってる。

どんなにもがいても締め付ける力は緩まず、徐々に意識がかすんでいく。こんなところで——本来なら安心すべき自分の家の、しかも私室で信頼していた相手に手を掛けられるという理不尽さに、オーレリアの眦《まなじり》から涙がこぼれ落ちる。

「たす、け……」

脳裏に浮かんだその人へ、オーレリアは縋るように請う。それは、リシャールでも伯父でもなく、ましてや父や母でもなく、オーレリアが信頼している相手でさえない。

それなのに、どうして彼の姿が今ここで思い浮かぶのか。けれどそんなことさえ徐々に考えられなくなってくる。

すべての血流が途絶え、見えていたはずの景色がかすんでいく。オーレリアの視界を占めるのは、彼女の命を奪おうとしている男の顔だけ。最期に見るのがこんな残酷な光景なら、いっそ何も見えないほうがいい。そう思い、オーレリアは目を閉じた。

ごめんね、リシャール、と心の中で詫びながら――。

そのとき不意に、首への圧迫感が消え、オーレリアは激しく咳《せ》き込んだ。

「ごほっ、……一体、なにが……」

押さえつけていたすべての力がなくなり、それでも残る息苦しさに顔を顰めつつ目を開けると、そこにいたのは従兄ではなく、彼女が絶望の中で救いを求めた人だった。

「大丈夫か？」

いつもとはまるで違う動揺に揺らぐ顔。深い青の双眸が気遣うようにオーレリアを見つめていて、いつもなら落ち着かなくなるその眼差しに、今は不思議なほど安堵を感じていた。

「え、ええ……だけど、どうして、あなたがここに……」

「今日が従兄殿の往診日だと聞いていたからだよ」

オーレリアの背に手を添えて抱き起こしながらヴィクトールが答える。ドレスの裾はいつの間にか直されていた。

「……どういうこと？」

意味が分からず、クレイグの姿を目で探す。彼は後ろ手に縛られて床に転がされていた。

その傍にはリオンが佇んでいる。まさか、小柄な彼が長身のクレイグを捕らえたのだろうか。

「これだよ」

その声にヴィクトールへと視線を戻せば、彼の手のひらには見慣れた白い包みがあった。

「……これはリシャールの薬……？」

「主治医が従兄に変わってから、急にリシャールの体調が良くなった君の屋敷の者たちが話していたのを聞いた」

「え、ええ」

「それを聞いて気になってね。万一を考えて知り合いに成分を調べてもらったんだよ。その結果、リシャールが毎食後に飲んでいたものは、薬ではなく遅効性の毒だと分かった」

「え……!?」

まさかそんなとオーレリアは青ざめる。

「知らずに飲み続けていれば、徐々に身体を蝕《むしば》み、最悪命を落とす代物らしい」

「で、でも、最近あの子、すごく体調が良かったのよ……？」

信じられないようにオーレリアが呟くと、ヴィクトールは苦々しげに頷いた。

「この薬のたちが悪いところは、一時的に身体が良くなったように感じてしまうところなんだ。それで良薬だと騙されてしまう」

「そんな……」

「幸いリシャールの場合、飲んでいた期間が短かったこともあって、それほどの影響はないらしい。――ああ、心配しなくとも、彼が今飲んでいるのは、僕がすりかえておいた解毒剤だ。徐々に毒を中和して身体から消し去るから、後遺症も残らないそうだよ」

「……良かった……」

ほっとオーレリアは安堵する。

「そうか、お前が……余計なことを」

唸るような苛立たしげな声に、オーレリアははっとする。声の主――クレイグへと顔を向ければ、伯父の面差しを残す顔を憮然と歪めていた。

「金貸しは金貸しらしく立ち回っていればいいものを」

そう言い捨て、ふと何かを思い出したように、クレイグは下卑た笑いを口元に浮かべ、「おい」と言った。

「随分オーレリアに執着しているようだけど、彼女のあそこがそんなに気に入ったのか？」

「……っ」

ちらりと寄越された視線にオーレリアはぞっとした。その表情はもはや彼女の知る従兄のそれではなかった。だが、ヴィクトールはそんな挑発に表情を変えることなく「ああ、君も見たんだね」と独り言のように呟いた。

「それなら、もうその目が使い物にならなくなっても思い残すことはないね」

淡々と告げた台詞に、クレイグが一拍置いて瞠目《どうもく》する。

「な……ッ、それはどういう……」

「ランバート様、近衛府から騎士が到着しました」

走ってきたために息を乱した家令フィンが言い終えるより早く、騎士がふたり部屋に入ってきて、転がっているクレイグを強引に立ち上がらせる。

「クレイグ・マクシミリアン。父親殺害容疑で拘束する」

引き立てられていく従兄にかける言葉もなく、オーレリアが呆然と立ち尽くしていると、扉から出ていく間際、クレイグが振り返った。その顔にはひどく歪な笑みが浮かんでいた。

「オーレリア、君を抱けなくて残念だよ」

「……っ」

「君ならさぞかわいい声で啼――」

「早くここから連れていってくれ。オーレリアが怯えている」

硬直しているオーレリアを守るように彼女の前に進み出ると、不快さも露わにヴィクトールが吐き捨てる。途端、クレイグが悔しげにヴィクトールを睨みつけて、何か言おうとするが、それよりも騎士らが彼を引き立てていくほうが早かった。

クレイグが連行された後も、ショックでしばし呆然としていたオーレリアだったが、やがてはっと思い出したようにフィンに問いかけた。

「フィン、リシャール様は……!?」

「リシャール様はお部屋です。幸い騒ぎにはお気づきにならなかったようです。――お呼びしましょうか」

「……いえ、気づかなかったならいいの」

かぶりを振りつつ、ほっと安堵に胸を撫で下ろす。そうしてふと、隣にいるヴィクトールを見上げると、先ほどから気になっていたことを訊ねた。

「どうしてクレイグのことが分かったの？　薬だって、わたしは毎日リシャールを見ていたのに気づかなかったわ。なのに……」

「君を初めてここに送ってきたときに、リシャールと話をしたんだが……そのとき、彼の息から不自然に甘い匂いがしたんだ」

「息で……？　あなた、薬にも詳しかったの？」

意外そうに目を丸くするオーレリアに、ヴィクトールが微笑む。

「違うよ。昔……彼と同じ匂いをさせていた人がいてね、それで気づいたんだよ」

その後も会うたびにリシャールからは同じ匂いがした。それで気になって調べた結果、薬だと思われていたものが実は毒だと分かると、ヴィクトールはリシャールが診察を受けた当日か翌日に訪問しては、その中身をすり替えていたのである。

「なんてこと……もし、あなたが……」

もしもヴィクトールがリシャールの異変に気づいていなかったらと思うとぞっとする。

知らなかったとはいえ、オーレリアは実の弟に毒を盛る手伝いをしてしまっていたのだ。

もしもあのままクレイグに指示されたとおりリシャールに薬を与え続けていたら――。

「……ッ」

くらりとめまいがした。だが、足元がふらついたと思ったときには、肩を力強い手に抱き止められていた。

「顔色が悪い。オーレリア、そこの長椅子に座ろう。フィン、何か彼女に温かい飲み物を持ってきてくれ」

家令が慌ただしく下がっていくと、ヴィクトールはオーレリアを長椅子へと連れて行って座らせる。そうして、未だ青ざめたままのオーレリアの前に膝をつくと、震える手に自身のそれを重ねながら、彼は宥めるように言った。

「オーレリア、自分を責めては駄目だ。あの状況で、薬に何か入っているなんて気づくのは無理だ」

「だけど……わたし、リシャールを……誰よりも大切にしている弟に毒を……」

「そうさせたのは従兄だ。君が望んでしたことじゃない」

「だ、だけど……」

白くなるほど握りしめた手の甲に、ぽたりと雫が零れ落ちる。

「リシャールは、わたしのたったひとりの大切な家族なの……リシャールに何かあったらわたし……わたし……」

「何も起こらない。——僕が起こさせないから」

隣に腰かけたヴィクトールがオーレリアを抱き寄せる。それに抗うことなく彼の腕に包まれながら、オーレリアは泣いた。一つ間違えば弟を殺したかもしれない恐怖と、残酷な

罪から逃れることができた安堵から。

　やがてひとしきり泣いて、少しだけ落ち着きを取り戻したオーレリアはぽつりと呟いた。

「どうして、クレイグはリシャールに毒なんて……」

「僕にもそのあたりの経緯は分からないが、単純に考えるなら、君とこの屋敷を手に入れるには、彼を亡き者にするのが一番手っ取り早いと考えたのかもしれない」

「そんな酷いこと……あの子は何も知らないのに……」

「事情を知らなくとも、彼はクロフォード家の次期当主だ」

「酷い……」

　くしゃりと顔を歪めるオーレリアに、ヴィクトールがすまないと詫びる。

「僕がもっと早く対処できていればよかったんだが……」

「いいえ、あなたは命の恩人よ。あなたのお陰で、リシャールは今も無事でいられるんだもの。どうお礼をすればいいか……」

「お礼なんていらない」

　と、ヴィクトールが笑う。

「でも……」

「そんなことより、君はもう少し自分の身を案じたほうがいい」

「え……？」

「忘れたのか？　危うく殺されるところだったんだ」

「……っ」

指摘された瞬間、オーレリアの中で凍り付いていた記憶が一気に蘇った。手が、無意識に喉元へと上がる。今も鈍く残っている痛み。それは、オーレリアが信頼していた従兄に命を奪われかけたという紛れもない証拠だった。

「……あ……わ、わたし……クレイグに……」

にわかに身体が震え始める。

どうして今まで忘れていられたのだろう。

止まらない震えを止めようと両腕で身体を抱きしめるが、それで治まるはずもなく——。

「どうしてこんな……」

「当たり前だろう？　殺されそうになったんだ。怖くないはずがない」

どこか呆れを孕んだ声と共に、柔らかく身体を抱きしめられる。

「弟が心配なのも分かるけれど、こんなときくらい、怖かったと僕を頼ってくれてもいいんじゃないのか？」

「そ、そんなこと……」

「君は自分のことに無頓着すぎる。弟のことばかりじゃなく、もっと自分のことも大切にしてくれ。じゃないと、心配で目が離せない」

いつものオーレリアなら、そっけなく言い返していただろう。けれど、このときの彼の言葉は、不思議なほどオーレリアの胸に柔らかく染み込んだ。彼の声がいつになくいらだった響きを帯びていたからかもしれない。それは裏を返せばオーレリアを深く案じているということだ。

「……ごめんなさい……」

いつになく素直に謝るオーレリアに、ヴィクトールは「いいんだ」と囁く。

「本当に、君が無事でよかった――」

安堵のにじんだ声と共に、少しだけ強く抱きしめられる。その温もりに包まれるうちに、いつしか身体の震えは治まっていた――。

その夜、オーレリアは寝台の上で物思いに沈んでいた。

ヴィクトールは夕食後にクロフォード家を辞去したが、馬車に乗る間際まで、彼はいつになく紳士的で、オーレリアを優しく労わってくれた。オーレリアの気持ちを察してか、彼はリシャールに姉の身に起きたことを一切口にしなかった。

今日の出来事で、オーレリアは彼という人がますます分からなくなってしまった。

――どうして彼はわたしを選んだの？　わたしもこれまでの恋人と同じではないの？

けれど、彼という人を知っていくうち、彼が世間で噂されているのとは少し違うことが分かり始め、今日もまた、危ないところを助けられた。

「わたし……」

賭けをしようと言われて始まった関係だった。だが気がつけば既に三週が過ぎ、ろくに真実を知ることもできないままに、約束の期日を迎えようとしている。本当なら時間がないと焦るはずなのに、逆にそのことを忘れている日さえある。

彼に振り回される日々を、以前ほど嫌だと思えなくなっている自分がいる。

「わたしは一体、どうしたいの……」

自分の気持ちさえ分からない中、オーレリアは途方に暮れたように呟いた。

第九章　霧雨の告白

翌日は朝から雨だった。

しとしとと窓を濡らす雨の向こうに見える空は灰色に染まっていて、まだ昼前だというのに部屋には明かりが灯されている。

サロンで家庭教師に出された宿題をしているリシャールの勉強を見てやりながら刺繍を刺す。それは、以前のオーレリアの日常だった。

こういう雨の日、決まって彼はクロフォード邸を訪れない。最初は雨の日に出かけるのが億劫なのかと思っていたのだが、今よりももっと激しい雨のときでも彼はオーレリアを迎えに来たことがあった。オーレリアが察するに、静かな雨の日を彼は敬遠しているきらいがあるように思えた。そう思う理由は、以前彼の家に招かれた際に雨が降りだしたとき、彼がぽつりと漏らした一言にあった。

『——嫌な雨だ。今日は早めに送らせよう』

微かに眉根を寄せながら硝子《ガラス》越しの空を見上げる彼は、珍しく気鬱《きうつ》な様子だった。

その雨は、豪雨や雷雨というような激しいものではなく、どちらかといえばしっとりと肌にまとわりつくような静かな霧雨だった。

『雨が嫌いなの？』

『――好き、ではないね』

『どうして？』

オーレリアの問いかけに、ヴィクトールが曖昧に微笑む。そうして灰色の空を見上げたまま、彼は静かな口調で言った。

『雨の日には、決まって義母に折檻《せっかん》されたことを思い出すんだよ』

『え……』

彼の口から出る台詞とは思えない内容に、オーレリアが呆然としていると、振り返った彼がおかしそうに目元を緩めた。

『冗談だよ』

『お、脅かさないでよ』

危うく本気にしてしまうところだった。耳慣れない言葉に、心が動揺してしまい、つい強い口調で咎めてしまう。

『ちょっと悪ふざけが過ぎたね。だけどたいした理由じゃないよ。こういう雨の日は決まって頭痛がするから、あまり好きじゃないんだ』

『……頭痛って……本当に？』

『疑り深いね』

そう言って彼はぐらかすように苦笑すると、新しいお茶を淹《い》れようと言って呼び鈴を鳴らすために立ち上がった。

結局そこで話は終わってしまい、彼の雨嫌いの明確な理由は分からずじまいだった。

――今日も、あの日のような雨が降っている。広い屋敷で彼はひとり物憂《ものう》げに過ごしているのだろうか。

「リアは、今日は出かけないの？」

「――え？」

不意に声をかけられて、オーレリアははっと我に返った。

「今日は出かけないわ。――どうして？」

「リア、つまんなそうだから」

その表現に、オーレリアはどきりとした。今までのオーレリアならリシャールと一緒にいたときにそんな顔を見せたことはなかったし、彼女自身、リシャールと過ごす時間がどんなときよりも安らげていた。

「そんなことないわよ。――リシャールはわたしがいたら邪魔？」

「ううん。リアがいてくれたほうがうれしい」

にこっと笑うリシャールのあどけない笑顔に、オーレリアの表情も自然と緩む。だが、それは続く彼の台詞で消えることとなった。

「だけど、リアはそうじゃないみたいだから」

「え……？」

「さっきから、ずっと窓の方ばかり見てる」

言われて初めてそのことに気づいた。もしかして、と心の片隅で望んでいたのかもしれない。――彼が、今日も来るかもしれないと。

だけどそれは。そう考えるということは――。

「そ、そんなこと、あるはずないわ」

「どうしたの？　なんだか顔が赤いよ？」

「何でもないわ」

笑ってごまかして席を立つと、オーレリアは窓辺へと近づいた。雨は相変わらず降り続いている。

「ああ、そうだわ。ねえ、リシャール。明日、王立病院へ行きましょう？」

「――え？　あ、うん。クレイグ従兄《にい》さん、仕事が忙しくなって来られないんだってね」

少しだけ気落ちした表情を浮かべるリシャールを前に、嘘をついているオーレリアは良心が痛む。リシャールは知らない。自分が敬愛する従兄に毒を盛られていたことを。そして人の命を救うのが使命であるはずの彼が、実の父の命を奪っていたということを。いつかは真実を伝える日も来るだろう。だが、今はまだそのときではない。

「ええ。最近患者さんが増えたから、往診は難しくなったみたいなの。それに、リシャールの体調は以前よりずっと良くなっているけど、このところきちんとした検査を受けていなかったから、一度しっかり診てもらったほうがいいって」

「うん。分かった」

　こくりと頷いたリシャールにオーレリアも微笑んで返す。無意識にちらりと窓の外へと視線を向けると、玄関の馬車溜まりに一台の馬車が停まっていた。さっきはなかったのにいつの間に、と思っていると扉がノックされた。

「お嬢様、ランバート家の従者の方がお見えです」

「ランバート家の……リオン？」

　フィンが案内してきたのは、やはりリオンだった。彼が訪れるなどこれまでになかったことだ。ヴィクトールに何か起きたのだろうかと、不安が胸をよぎる。

「突然伺いまして申し訳ございません。ご迷惑でなければ、これから屋敷へお越しいただけないでしょうか」

　リオンの唐突な申し出に、オーレリアは困惑する。

「……どういうこと？　何かあったの？」

「はい。旦那様がお風邪を召されたのですが……」

　思いがけない話に、オーレリアの表情が曇る。

「風邪を……具合はどうなの？」

「往診の医師の話では、熱が高いので薬を飲んでゆっくり休むように、ということでしたが、どうしても薬をお飲みにならないのです」

「……どうして？」

困惑気味にオーレリアは首を傾げる。だが、弱り切っているリオンの様子から、彼は散々主人に服薬を勧め、それをことごとく断られたのが窺えた。

「我々ではどうにもできなくて、これはもうお嬢様に頼るしかないと」

「で、でも……わたし――」

「我々ではもうお手上げなのです。どうかお嬢様、旦那様の所へ来ていただけませんか」

深く腰を折るリオンを、オーレリアは戸惑いも露わに見つめる。

「でも……」

ヴィクトールのことは気になるが、自分が行ったところでどうすればいいのか。それに、リシャールのこともある。いつも寂しい思いをさせている分、今日は一緒にいてあげたかったのに――。

「ぼくなら平気だよ、リア」

だが、そんなオーレリアの迷いを払拭するように、明るい声が彼女の耳を打った。見ればリシャールは笑顔でオーレリアを見ていた。

「ぼくは元気だし、ヴィクトールのお見舞いに行ってあげて？」

「でも、リシャール」

「心配なんでしょ？」

だったら、行ってあげて。繰り返しそう言われて、オーレリアは複雑な心境に陥る。十一歳も年下の少年に気遣われるなんて情けない。だけど――。

「ごめんなさいね、リシャール。お見舞いが済んだら、すぐに帰ってくるから」

「急がなくていいよ。ぼくね、最近本当に気分がいいんだ。だから、ぼくの心配はいらないよ」

リシャールが『元気』なのは、クレイグに処方されていた『薬』のせいなのか、それとも本当にリシャールが健康になりつつあるからなのかは分かっていない。それを知るためにも、ヴィクトールは近いうちに王立病院を受診するように勧めてくれていた。そういうことも、オーレリアなら気づかなかった。

――わたしが行って素直に薬を飲んでくれるかは分からないけれど、とりあえず行ってみよう。

それで、少しでも昨日の恩返しになるのなら――。

「ありがとう、リシャール」

笑顔のリシャールに見送られて書庫を出ると、慌ただしく玄関ホールへ向かい、待たせてあった馬車に乗り込む。

――それにしても、一体どういうことなのかしら。

走りだした馬車の中、車窓から見える雨の街を見つめながら、オーレリアは言い知れぬ不安に胸をざわめかせていた――。


屋敷に着いたオーレリアは、すぐさま彼の部屋へと向かった。

詳しい容態をリオンや出迎えた侍女たちに訊いても、困ったように言葉を濁されるだけという状況が、余計にオーレリアの不安を募らせた。

足早に階段を上り、たどり着いた部屋の前で、オーレリアは控えめに扉を叩く。

「あの、オーレリアです」

それに対する返事はなく、眠っているのだろうかと迷っていると、ややあって内側から扉が開けられた。夜着の上にガウンを羽織った彼は、突然のオーレリアの来訪に驚いているようだった。

「オーレリア？　どうして君が……」

「あなたが、具合が悪いって聞いたの。――とりあえずベッドへ行きましょう。ここは冷えるわ」

戸惑いの色を滲ませるヴィクトールを寝台へと誘導し、横になった彼に寝具を掛けてやる。それを大人しく受けながら、ヴィクトールは不思議そうにオーレリアに問いかけた。

「どうして君がここにいるの？」

「リオンが、あなたが薬を飲もうとしないって困っていたわ」

「——余計なことを……」

嘆息まじりに呟く声に、オーレリアは聞こえないふりをして、寝台脇のテーブルに視線を移した。

銀の盆に置かれている水差しと、薬袋から出されている手つかずの薬包がひとつ。一旦封を解いて、もう一度たたんだように見えるのは、きっとリオンが主人に薬を飲んでもらおうと苦戦した証だろう。注意を彼へと戻せば、横たわるヴィクトールの頬はいつもよりも赤く、深い青の双眸は涙の膜をたたえて潤みを帯びている。触れずとも、彼が高熱を出していることは窺い知れた。

「駄目じゃない。お医者様から薬を出されたのなら、ちゃんと飲まないと」

どこか子どもの悪戯を咎める母親のような口調になるオーレリアに、ヴィクトールは淡く苦笑する。

「飲まなくても、そのうち下がるよ」

「そうでしょうけど、その間ぐったりしているあなたを心配する周りの人たちの身にもなってあげて」

「……なんだ、僕の心配をしてくれてるんじゃないの？」

彼にしては珍しくすねたような口調に、オーレリアは意外だと感じるとともに、なんだかおかしくなる。心なしか表情もいつもより幼く感じるのは、いつもは綺麗に整えている髪が乱れているせいだろうか。

「勿論心配はしているけれど、この雨の中をわざわざわたしを頼ってきたリオンの忠心にこそ同情するわ」

「まったく……本当に君は、僕に対して遠慮がないよね。こんな状態じゃなかったら、押し倒してるよ」

「それなら、ちゃんと薬を飲まないと」

「……嫌だ」

「どうしてそんなに嫌がるの。子どもじゃないんだから少しくらい苦くても我慢して飲まなきゃ」

「嫌だ」

「駄々こねないで」

言いながら、本当に子どもを説得しているような心境になる。その後も飲む飲まないの攻防を繰り返していたふたりだったが、そうしている間にもヴィクトールの状態が次第に悪くなっていく。焦りを抱いたオーレリアは強い口調で言った。

「もう、どうしたら薬を飲んでくれるのよ」

その問いかけに、ヴィクトールはしばし黙り込んだが、やがて何かを思いついたように形の良い口元にかすかに笑みを浮かべた。

「君が飲ませてくれるなら、大人しく飲むよ」

その申し出に、オーレリアはきょとんとした。

「飲ませて……って……？」

「君が僕に口うつしで飲ませてくれるなら我慢して飲んでもいい。そうじゃないなら、どんなに君が頑張っても絶対飲まないから帰ってくれ」

「な……ッ」

かあっと頬を火照らせるオーレリアを、ヴィクトールは熱で潤んだ眼差しで見据える。

「無理だろう？　僕の名前だって満足に呼べない君に、そんな芸当できるはずがない。──だからもう帰ってくれ」

「……っ」

その言い方はひどく冷たかった。てっきり、自分をからかうための台詞だと思っていただけに、ヴィクトールの突き放すようなどこか苛立ちを孕んだ口調は、オーレリアを呆然とさせた。

「……あの、わたし……」

「──すまない。君が心配してくれているのは分かってるんだ。だけど、こればかりは……だから、今日はもう帰ってくれ」

彼も言い方がきつかったと自覚しているのだろう。詫びる言葉と共にオーレリアに帰宅を再度促すと、これ以上の会話を拒絶するかのように目を閉じた。

──そんなこと言われたって……。

いつもより呼吸が荒い。一見しただけで苦しいのが分かるのに、どうして拒むのかその意味が分からない。彼は病気を治したくないとでもいうのだろうか。

──無理よ。置いてなんて帰れない。

「──分かったわ」

ひとつ息を吐き、おもむろにオーレリアは水差しを取り上げると、傍らのグラスに半分ほど水を注ぐ。硝子の触れ合う音に目を開けたヴィクトールが、オーレリアがしようとしていることに気づくと、驚いたように目を瞠った。

「オーレリア、君……」

「生憎《あいにく》だけど、苦しんでいる病人を置いて帰れるほど、わたしは冷酷な人間じゃないの」

きっぱりと宣言すると、それ以上ヴィクトールが何かを言う前に薬包を開き、グラスに中身を入れる。軽くかき混ぜると、透明だった水は少しだけ白濁した液体へと変わった。

「あなたは、リシャールやわたしを助けてくれた。それに少しでも報いることができるなら、これくらい喜んでするわ」

唖然とするヴィクトールににこりと微笑み、オーレリアはグラスを口に宛てがうと、半分ほどを一気に煽った。そうして寝台に腰を下ろすと、彼の両脇に手をついて躊躇うことなく唇を重ねた。

触れた唇は熱く、そして少しかさついていた。彼の体温の高さに今さらのように驚きつつも、オーレリアは口内に含んでいた液体を少しずつ流し込んでいく。拒まれるかと思ったが、彼は意外にもすんなりと受け入れた。飲み込んだのを確認してから唇を離すと、ヴィクトールは眉根を寄せて心底嫌そうに呟いた。

「……苦い……」

「薬だもの。当たり前でしょう」

くすっ、と笑ってオーレリアはグラスの残りをすべて口に含む。そうして最初と同じように唇を重ね、彼の中に薬を流し込む。再び眉根を寄せてごくりと嚥下《えんげ》したヴィクトールは、疲労感も露わに深いため息を吐いた。

「ちゃんと飲めたじゃない。偉いわ、ヴィクトール」

「……そこで名前を呼ぶかな……」

はあ、とヴィクトールはもう一度ため息を漏らす。いかにも不満げなその様子に、オーレリアは思わず苦笑してしまった。

「口直しにお水いる？」

「いや、いいよ。——まったく、二十年ぶりだ」

「何が？」

「薬を飲んだのがだよ。——最後に飲んだのが、二十年前なんだ」

「え、何……あなた、今日だけじゃないの？」

ああ、と頷くヴィクトールの告白に、オーレリアは言葉をなくす。何をどうやったらそんな長期間薬を飲まないという状況になるのだろう。

「……だ、だけど、二十年前っていうことは、それ以前は飲んでいたっていうことなんでしょう？　それがどうして……」

言いかけて、オーレリアはあることを思い出した。

「ねえ……それって、リシャールと同じように甘い息をしていた人を知ってる、って言っていたことと関係があるの？」

オーレリアの問いかけに、ヴィクトールはかすかに驚いたような反応を示す。

「……本当に君の推理力には感服するよ」

ふ、と苦笑まじりの彼の台詞で、オーレリアは自分の考えが合っていたのだと悟る。だが、オーレリアの問いかけに答えたものの、それきりヴィクトールは目を閉じてしまった。

会話が途絶えた部屋の中、聞こえるのは静かに振り続けるかすかな雨音だけ。

待ち続けてもヴィクトールが目を開ける気配はなく、先ほど飲んだ薬が効いて眠ってしまったのだろうか、とオーレリアが思いかけた頃、彼が目を閉じたままぽつりと言った。

「——母だよ」

「……え？」

眠ったのなら、邪魔にならないうちに帰ろうと腰を浮かしかけたオーレリアは、唐突に聞こえた彼の声に動きを止める。

「母から、あの甘い匂いがしていたんだ」

言って、ヴィクトールはゆっくりと瞼を開ける。その眼差しはオーレリアとは反対側の窓へと向けられていた。オーレリアが椅子に腰かけるのと同時に、再び彼は独り言のように話し始めた。

「元々母は身体があまり丈夫ではなくてね。滋養に良いと勧められた薬を飲み始めたのがきっかけだった。――最初、リシャールと同じように息からほのかに甘い香りがしていたんだが、その頃はまだ母も元気だったし、何より薬を飲みだしてから身体がいつもより軽いと喜んでいたから僕も単純に喜んでいたんだ。――それがだんだんと倦怠感を訴えるようになってね……。やがて床に伏せがちになる頃には息だけでなく、母に近づくだけで甘ったるい匂いがするようになっていたんだ。だけど、まさかその薬が原因だとは思わなかったから、母はずっと飲み続けていた。――中に毒が混ぜられていると分かったときには、もう手遅れの状態だった」

「……じゃあ、お母様は……」

「それから一か月後に亡くなったよ」

淡々と告げられる内容はあまりにも残酷だった。既に薬はすべて飲み終わった後だったために証拠もなく、ようやく治療を受け始めたときには、既に母は手の施しようがないほど臓腑を蝕まれていた。

「それ以来かな。身体が一切の薬を受け付けなくなったんだ。飲むと吐いてしまう。その繰り返しで、いつしか薬を見ただけで吐き気がするようになった」

「……それで、あんなに嫌がったの……」

事情を知らなかったとはいえ、彼に苦痛を強いてしまったことをオーレリアは悔やむ。

「だけど不思議だな。君に口移しで飲まされたときは、全然吐き気はしなかったよ。苦くてまずくはあったけれど」

どうしてかな、と淡く笑う姿に、オーレリアは彼の抱えるトラウマの一端を垣間見た気がした。きっと、無意識のうちに身体が薬を拒絶してしまうのだろう。母が薬と信じて口にしていたものが実は毒だった。その事実は、幼い少年だったヴィクトールにどれほどの衝撃を与えたか想像に難くない。

今日、二十年ぶりに薬が飲めたのは、おそらく先にオーレリアがそれを口に含んだから。彼女が初めに薬を口にしたことで、ヴィクトールはそれが毒ではないのだと無意識に認識したのだ。だから、吐くこともなく受け入れることができたのだろう。

──そんなの、哀しすぎる。

「犯人は……誰なのか分かっているの？」

口ぶりから察するに、犯人が誰なのか分かっているように、オーレリアには思えた。

「──母が奉公していた屋敷の女主人だよ」

「……えっ」

「奉公先の主人に見初められた母は、ほどなく僕を身ごもった。主人との子がない夫人にはそれがどうにも許せなかったらしい。使用人から一転、愛人として屋敷で暮らすようになった母に、夫人はあらゆる嫌がらせをした。嘲りや嫌味は当たり前、妊娠中だというのに突き飛ばされたり、階段から転落したことさえあったらしい。当時を知る人の話では、僕を無事に産めたのはほとんど奇跡だったらしいよ。——そして、それは母が屋敷を去る直前まで続けられたんだ」

夫人の恐ろしいまでの悋気《りんき》に、オーレリアはぞっとした。

「……まさか……あのときあなたが言っていたことって……」

以前、オーレリアがなぜ雨の日が嫌いなのかと訊いたことがあった。そのとき彼はこう答えていた。

——雨の日には、決まって義母に折檻されたことを思い出すんだよ。

あのときは、冗談だよと笑った彼の言葉を信じることができた。だが、夫人の話を聞いてしまった今、オーレリアはあれを冗談だとは思えなくなっていた。同じ女でありながら、妊婦相手にそこまで残酷な行為を躊躇わずに行えるのだ。彼女が産んだ子どもに対して、夫人が同じ感情を向けないという保証があるだろうか。

「本当のこと、だったの？　雨の日に……あなたが……」

肝心な言葉は口に出すことができなかった。だが、言いにくそうにしている様子から、ヴィクトールには伝わったらしい。「そうだよ」と穏やかに微笑んだ。

「夫人の嫉妬の矛先は、母だけでなく僕にも向けられた。躾《しつけ》がなってないと鞭《むち》で手を叩かれたり、お仕置きと称して閉じ込められたり……ああ、煙草の火を押し付けられたりなんてこともあったな。頭痛持ちだとかで、雨の日は特に機嫌が悪くてね。——だから幼い頃は雨の日が怖かった。主人もできるだけのことをして僕たち親子を守ってくれていたらしいけれど、それも限界があったんだ。だから、母が僕の身を守るために里下がりを申し出たとき、主人は迷いながらも母の願いを受け入れた」

しかしそのとき既に母の身は、手の施しようがないほど毒に蝕まれていた。実家に戻り、ようやく安息の場を得たと思ったときには、母に残された時間はわずかとなっていた。

「母はどんなに苦しくとも、最期まで一度も泣き言は言わなかった。だけど母が亡くなった日、まるで母のそれまでの思いを表すように雨が降り続けていたのを、今でもはっきり覚えているよ」

「…………」

壮絶すぎる彼の過去に、オーレリアは何と言えばいいのか分からなかった。どんな同情の言葉も、彼の心の傷を癒やすことはできないと思った。

いつしか視界が揺らいでいた。その原因が自分の涙だと気づかぬままに、オーレリアはぽつりと呟いていた。

「わたしが、あなたの傍にいてあげられたらよかったのに……」

そうしたら、幼いあなたを守ってあげることもできたのに。

それは叶わない願いだと分かっている。まだ生まれてさえいない自分が、彼を守るなどできるはずもないのだから。だけど、幼い彼の置かれた境遇を思うと胸が痛んだ。

「ありがとう、オーレリア。だけど、あの頃君に出会わなくてよかったと心から思うよ」

「……どうして？」

「子どもの頃じゃなく、今出会えたからこそ、こうして君を愛することができるからだよ」

「……ッ……」

どこか切なげに微笑む様子に、オーレリアの心臓がとくりと跳ねる。彼が愛という言葉を口にしたことは、これまでに何度かあった。けれど、その言葉に今ほど胸を打たれたことはなかった。

いつになく動揺する自分自身に戸惑いながら、オーレリアは心中に言って聞かせる。

――これは、熱のせいよ。

「不思議だな」

吐息のように囁いた声がオーレリアの耳に届く。薬の効果が出始めたのか、彼の深青の双眸がとろりとした鈍色《にびいろ》に変化しつつあった。

「不思議って、何が？」

「今までこんな話、誰にもしたことがなかったのに、どうして君には話しているんだろう」

「……きっと、熱のせいよ」

自身に言って聞かせた言葉を、オーレリアは今度は声に出して繰り返す。

正気のときなら、きっと彼はこんな話はしない。高熱が、彼がこれまで奥底に封じ込めていた記憶を一時的に呼び覚ましただけ。さっきの告白も、きっと明日になれば忘れているはずだから――。

「大丈夫よ、ヴィクトール。あなたが今日話したことは、絶対に誰にも言わないわ。だから、安心して眠って」

「ああ、そうだね――」

独り言つように呟き、ヴィクトールは目を閉じる。静かな寝息が聞こえ始めたのは、それからほどなくしてだった。

その後もオーレリアはヴィクトールの看病を続けた。汗をかけば着替えさせ、時刻になれば食事を与え、その後は再び口移しで薬を飲ませた。その甲斐あってか、夕刻を過ぎる頃にはあれほど高かった彼の熱は、ほぼ平熱近くまで下がっていた。

ヴィクトールの容態が安定したことに安堵したオーレリアは、眠り続ける彼を起こさないようにそっと部屋を出ると一階へと向かう。階段を下りたところでリオンに会った。

「熱も落ち着いたようだし、わたしは帰るわ」

「本当にありがとうございます。我々だけではどうにもできず、困り果てていましたので……」

「いいのよ、わたしだって彼には助けてもらっているのだし、気にしないで」

深く腰を折って感謝するリオンにオーレリアは苦笑する。

「それにしても、あの頑なだった旦那様にどうやって薬を飲むことを承諾させたのですか」

「ああ、それは――」

言いかけて、オーレリアははたと言葉を止めた。

「せ、説得して、飲んでもらったの。それじゃあ、お大事にね」

とってつけたように言うと、オーレリアはまさしく逃げるようにランバート邸を出た。

馬車に乗り込み、ひとりになったところで、オーレリアは今さらのように恥ずかしさで真っ赤になった。薬を飲ませるためとはいえ、自分から相手に唇を重ねるなんて、なんて大胆な真似をしたのだろう。それも一度や二度ではないのだ。

だが、そこに後悔はなかった。

ふと思い出すのは、寝台で彼が言ったこと。

――子どもの頃じゃなく、今出会えたからこそ、こうして君を愛することができるからだよ。

以前なら、そんなことを言われても到底信じることなんてできなかった。たくさんの女性との浮き名を流してきた彼の囁く愛など、どうして信じられるのかと。

けれどもし、あの言葉が彼の本心からのものだったなら――。

――わたしたちの関係も少しずつ変わっていくのかもしれない。

雨に濡れたガラス越しの空を見つめながら、オーレリアはぼんやりと思うのだった。

――そしてそれはオーレリア自身が望んでいることでもあった。

王立病院はその名のとおり国が母体となって運営している病院であり、診療科目は多岐にわたる。

リシャールの一件の後、ヴィクトールから王立病院に毒物に詳しい医師がいるという話を聞いていたオーレリアは、その医師に一度詳しく検査してもらおうと、この日朝早くから病院を訪れていた。

診察室にいた壮年のマクレーン医師はリシャールの一件を知る人であり、ヴィクトールが薬の検査の依頼をしたのも、この医師だった。

そして彼こそが、かつてヴィクトールの母が毒物に侵されていることに、最初に気づいた人物でもあった。

事前にオーレリアから、リシャールに毒のことは伏せておいてほしいと頼まれていたこともあり、マクレーンは薬のことは一切触れずに診察を行った。

「顔色もいいし、事前に聞いていたよりずっと元気そうだ。この調子なら次の診察は三か月後で十分でしょう」

「そんなに先で？」

「これだけ元気なら大丈夫です。これから先成長するにつれてもっと丈夫になりますよ」

驚くオーレリアに、マクレーン医師は自信をもって頷いた。リシャールに対しても、まだまだやせすぎだから、もっとしっかり食べなさいと話す。

「念のため簡単な検査もしておきましょう」

「ありがとうございます」

お礼を言って立ち上がり、診察室を出ると看護婦に案内されて処置室へ向かう。

「ご家族の方はこちらでお待ちください」

受付で看護婦からそう言われ、オーレリアは検査室前の長椅子に腰を下ろす。

少し緊張の面持ちでリシャールが看護婦と共に中に入ると、扉が閉められて中の様子は分からなくなる。簡単な検査だと言っていたし、そんなにはかからないだろう、そう思いオーレリアは何気なくあたりを見渡す。

病院という場所柄なのか、壁は白で統一されている。広い廊下やロビーに整然と並ぶ長椅子に腰かける人々は、オーレリアたちと同じ患者か、その家族なのだろう。ふと気がつけば、頭に包帯を巻いた男性が前を横切っていく。こけた頬と痩せた身体を白い病衣が包んでいる。ここに入院している人なのだろうか、そんなことをぼんやりと考えていると、どこか遠くで子どもの声が聞こえたような気がした。

時計を見れば、リシャールが検査室へ入って三十分ほどが過ぎようとしていた。簡単な検査だけでこんなにかかるものだろうか。

「……あの、弟はまだでしょうか」

何かあったのだろうかとオーレリアは立ち上がると、受付の女性に訊ねた。

「え？　弟さんならもう終わって出られたはずですが……少々お待ちください」

女性は断ってから席を立つと、奥に一旦姿を消す。ほどなく戻ってきた女性は、先ほどと同じ内容を繰り返した。

「……じゃあ、リシャールはどこに……」

予期せぬ出来事にオーレリアは呆然とあたりを見渡す。

ぐらりと足元が崩れていく錯覚を覚えて、オーレリアはよろめいた。

「大丈夫ですか!?」

その場にへたり込んだオーレリアを見て、看護婦が慌てて駆け寄り膝をつく。だが、その声も今のオーレリアの耳には届いていなかった。

「あの……」

放心するオーレリアの視界に、白い衣の裾が見えた。何度か呼ばれ、緩慢に顔を上げると、そこにはリシャールと同じ年頃の少女が立っていた。白い貫頭衣を纏った少女は、どことなく不安げな様子だった。

「オーレリアさん？」

「……ええ、そうよ」

オーレリアが困惑しつつも頷くと、少女は一枚の折りたたまれた紙を突き出した。

「……？」

意味が分からず、紙と少女を見比べていると、少女がさらに手を突き出してきた。

「お姉さんにこれ、渡してって」

「……わたしに？」

「うん」

こっくりと少女は頷き、オーレリアが手紙を受け取るのを待っている。一体なんだろうと思いながらも、少女に「ありがとう」と言って手紙を受け取り、雑に折りたたまれた白い紙を開く。

「────ッ」

中に書かれていたのは一行。だが、そのわずかな文字を目で追った直後、オーレリアの顔色が変わった。

──弟を助けたいなら、王都の東にあるクリーヴ教会へひとりで来い。

他に誤解のしようがないほどに、それは簡潔明瞭な文章だった。

全身から血の気が引いていく。ようやく平穏が訪れたと思っていたのに、それが間違いだったなんて。

「リシャール……」

ぽつりと呟く自身の声がひどく遠かった──。

第十章　もうひとつの真実

　王都の東にあるクリーヴ教会へ着いたオーレリアは、あたりを窺うようにしながら聖堂内へと足を踏み入れた。中には他にも数名の信者らしき人がいて、長椅子に腰かけて祈りを捧げている。見慣れた光景を視界に映しながら、オーレリアはこの教会のどこに弟がいるのかと見渡した。

　どうしてこんな人目の多いところに、とオーレリアは戸惑う。だが、彼らにとっては逆に都合がいいのかもしれないとも思う。まさか誘拐犯がこの聖なる場所にひそんでいるとは思わないだろうから。

　手紙には、ただひとりで来いと書かれてあっただけで、特に他に指示はなかった。この先どうすればいいのだろう、と徐々に増していく不安に苛まれながら、もう一度あたりを見渡したときだった。

「あら……オーレリアさん？」

背後から声をかけられ、どきりとして振り向く。黒髪と水色の眸の美しい女性が、小首を傾げてオーレリアを見つめていた。

「……ネリイさん」

夜会以来だが、緊張していた場面で見知った相手と会えたことに少しだけほっとする。

「あのときはちゃんと自己紹介もできなかったわね。コートニー伯爵の娘、ネリイ・コートニーよ」

にっこりと微笑む彼女に、オーレリアも自分の名を告げる。

「こんなところで奇遇ね。あなたも観に来たの？」

「観る？」

突然の問いかけに意味が分からず訊き返すと、ネリイは「あら」と意外そうに目を瞬いた。

「あら、てっきりマローニを観に来たのかと思ったわ」

「マローニ……って画家の？」

「そう。お父様が先月オークションで落札した作品をこの教会に寄贈したの」

そう言って、ネリイは誇らしげに微笑んだ。

「なんでもマローニの晩年の作品で、これまで行方不明になっていたものらしいの。それが先ごろ偶然発見されたとかで、お父様がもっとたくさんの人に見てもらうべきだって、それでここに」

「ああ、そういえば……」

そういう噂を聞いたような気もした。

「絵はそこの回廊に飾ってあるの、みんなが観やすいように。――こっちよ」

にこにこと嬉しそうに手招きするネリイに、オーレリアは躊躇う。そんなことよりも、弟を捜さなければ。だが、ネリイはオーレリアがついてくるのを疑わない様子で先に歩いていってしまう。

「すぐそこの展示室よ」

オーレリアも美術には関心はあるが、今はのんびり絵を観ている場合ではない。だが状況を説明するわけにもいかない。彼女にどう言ったらいいか決めかねてもたもたしている間にも、ネリイは聖堂内から回廊へと続く扉から出ていってしまう。

「あ、ネリイさ……」

仕方がない。急用があると言って断ろう、そう決めて急いで後を追う。だが、ネリイは既に随分先へと進んでいて、彼女の背を見つけたときには教会の奥へと来ていた。

「あの、ネリイさんごめんなさい、わたし――」

「あら……？」

回廊を足早に進み、先を行くネリイの背中に声をかけて呼び止めようとするが、その前に彼女が回廊の先に視線を留めたまま立ち止まった。

「弟さんも一緒にいらしてたのね」

そう言って振り返るネリイに、オーレリアは驚く。

「え？」

「だって、そこの絵が飾られている部屋にあなたの弟さんが……」

「リシャールが!?」

不思議そうなネリイに構わず、オーレリアは彼女へ詰め寄る。ひょっとして、捕らえられたものの、自力で敵から逃れたのだろうか。

「奥の部屋へ入ったのね!?」

「え、ええ」

いつになく強い口調にネリイはやや驚きつつも、こくりと頷く。直後、オーレリアはその部屋へ向けて走り出した。だが、目的の場所へ近づくにしたがい、オーレリアは唐突に気づいた。

――どうして、ネリイがオーレリアの弟の容姿を知っているのか。

オーレリア自身、ネリイと会ったのはあの夜会が初めてだったというのに、普段、表に出ないリシャールの顔まで知っているはずがない。

その事実に思い至った瞬間、ざわりと冷たいものが背を駆け抜けた。――これは、罠。

「――――ッ」

背後を振り返ろうとした刹那《せつな》、後頭部に重い衝撃が走る。

――どうしてあなたがこんなことを。

そう問いかける間もなく、オーレリアの意識は闇に沈んでいた――。

だった。

「——ん……」

鈍痛に意識を呼び覚まされて目を開けると、部屋の中は薄暗く、見覚えもないところだった。

痛む後頭部に手を回そうとして動かせないことに気づく。その理由が後ろ手に縛られて寝台に横たえられているせいだと悟ると、オーレリアの鼓動がにわかに早くなった。

「あら、意外と早いお目覚めね」

掛けられた声に顔をそちらへと向けると、先ほどと変わらない笑顔でネリイが淑やかに佇んでいた。だがその表情にはオーレリアを心配している様子は微塵《みじん》もなく、どこか楽しそうにすら見える。——彼女がなぜこんな真似をしたのだろうかと混乱するオーレリアだったが、彼女の脇に控えるふたりの人影に気づいたとき、オーレリアはぎくりとした。

身なりの良い茶色の髪の男と、彼につき従う下男のようなやせた男。

「あ、あなたたち……！」

あの日、借金の取り立てに来たふたりだ。彼らとはとうに縁が切れたはずだった。伯父——否、彼の息子クレイグが彼らに作った借金を、ヴィクトールがオーレリアの代わりに返済したことによって。それなのに、どうして。

「訳が分からない、という顔ですね。――まあ、俺たちも借金を返済してもらったから、あなたとはもう会うこともないと思っていたのですが、少し事情が変わりましてね」

「事情……？」

「俺達の主人が、あなたに用があるらしくて、こうしてお越しいただいたのですよ」

「主人って……まさか、あなたもこの人たちの仲間だったの？」

凝然と目を瞠るオーレリアの言葉を、ネリイはにこやかに受け止める。

「誤解しないで。私はこの人たちみたいないやらしい取り立て屋なんてしていないわ。私がしているのは別の事よ。二人にはそれを手伝わせているだけ」

なんでもないことのように言っているが、彼女が何らかの犯罪に関わっていることは今の発言から明らかだった。

まさかリシャールの誘拐が、その事と関係があるのだろうかとオーレリアは青ざめる。

「ね、ねえ、リシャールは……弟は……!?」

「あの子なら、ぎゃあぎゃあ煩いから眠ってもらってるわ」

まるで悪意など感じられないような柔らかな微笑みで、仕方ないわよね、と言わんばかりに肩をすくめる。焦燥にかられながら、ここは教会のどこなのだろうとあたりを見渡す。どこであれ不特定多数の人々が出入りする教会だ。大声を出せば誰か気づいてもらえるのでは――。

「大声を出しても無駄よ。この部屋は地下に作られていて、関係者以外は立ち入りを禁止されているの。この教会は父の寄付で成り立っているから、誰もここには来ないわ」

つまりこの教会は彼女の父――コートニー伯爵の財力に物を言わせて、娘のネリイが好きなようにしているというわけだ。

「そんな……まさか、クレイグのこともあなたが……」

「あれは偶然。彼、お金に随分困ってたみたいね。協力する代わりにお金を都合してあげると言ったら、喜んで薬の調達を手伝ってくれたわ」

「……薬……？」

リシャールの薬のことだろうか。だが、それと今回のことがどう結びつくのか分からない。しかし、それよりも分からないのは、どうしてネリイがこんなことをしたのかだ。

「どうしてこんなことするの――？」

「どうして、ですって？」

戸惑いを滲ませたオーレリアの問いかけに、ネリイが小さく笑った。それまでになかったどこか嘲りを帯びた表情に、オーレリアの戸惑いが増す。

彼女との接点は多くはないはずだ。初めて会ったのはヴィクトールの夜会の席だし、それ以外で彼女に会った覚えはない。他に彼女の恨みを買うことといえば――。

「目障りなのよ。あなたが」

唐突にネリイは言った。笑顔はそのままに、言葉の中に苛立ちを込めて。だが、その一言で、オーレリアは自分の考えが正しいことを悟った。

「これまで誰にも本気にならなかったから許せたのに、あなたが現れてから、あの方は変わってしまった——そんなこと許せないわ」

「……わたしのことだって、きっとすぐに飽きるわ」

「いいえ。彼を見ていたらあなたに対しては本気だって分かるもの。——だから、あなたのことが邪魔なの」

きっと、彼女もヴィクトールのことが好きなのだろう。けれど、これまでの彼の女性遍歴を考えれば、最終的に幸福な結末が来るとは考えにくい。——自分がそうであるように。

「だからね、あなたが二度とあの方の前に姿を現せないようにしてあげるわ」

楽しげな彼女の声に、オーレリアの逸れかけていた意識が引き戻される。

「二度と……？」

まさか、ここで殺されてしまうのだろうか。

「そんなに怖がらなくても、殺したりなんかしないから安心して」

オーレリアの表情から考えを読んだのだろう。ネリイが優しげに微笑んだ。そうして彼女は寝台の傍から下がると微笑みを消し、傍らに控えていた痩せた男に一言告げた。

「やって」

その言葉を耳にした瞬間、痩せた男の顔に卑猥な笑みが浮かぶ。ネリイが何を命じたのかそれで分かってしまった。

じわじわと歩み寄る男を怯えた目で見上げ、オーレリアはかぶりを振る。

「来ないで……」

「初めて見たときから、あんたとヤりたくてたまらなかったんだ」

ぎし、と寝台に上がった男が、オーレリアを跨いで四肢をつく。顔を近づけられて、オーレリアはぞっとした。こんな男に好きにされるなんて。それくらいなら死んだほうがましだった。

「舌を噛んで死のうなんて考えないほうがいいわ。そんなことをしたら、大切な弟を代わりに売ってやるわよ」

「……売る……？」

一体どういうことなのかと目で訴えるオーレリアにネリイが薄笑いで応える。

「あなたはここで滅茶苦茶にされた後で外国に売り飛ばされるの。彼が言ったでしょ？貴族の娘は高く売れるのよ。それに、中には美少年を好む客もいるし、私はどちらでも構わないわ」

「……それって……」

一瞬何のことかと呆けたオーレリアだったが、記憶を辿り、かつて借金取りのひとりが言ったことを思い出した。あれはてっきり娼館への身売りのことだと思っていたが、それ以外にも意味があったのだ。

「まさか、最近起きている誘拐事件って……」

綺麗な容姿の娘ばかりがある日忽然と姿を消しているという。

「彼女たちも馬鹿よね。結婚前にあの方に処女を奪ってほしいだなんて馬鹿なことを願って。──だから、私が代わりにお膳立てしてあげたの」

「……そんな。じゃあ、彼女たちは……」

「望みどおり、許嫁以外の男に抱かれるようにしてあげたの。──薬漬けにしてね」

つまりは、ヴィクトールに想いを寄せた少女らがネリイの目に留まり、攫われた挙げ句、薬漬けにされて売り飛ばされたのだ。そしておそらくはそこにクレイグも関わっていた。医師である彼なら、彼女が望む薬物を調達することは容易かったはずだから。

「酷い……」

「ほら、他人《ひと》の心配をしている場合かしら？」

からかうような口調にはっとすると同時に、胸元に手が掛けられる。直後布を引き裂く音と共に、ドレスの前身ごろが破られた。

「いやっ！」

露わになった白い肌を隠そうとオーレリアは必死に身を捩る。だが、そんな抵抗は、男の目には欲望を駆り立てる媚態にしか見えなかったようだ。

「焦《じ》らされた分、たっぷり楽しませてもらうぜ」

ひひ、と黄ばんだ歯を覗かせて痩せた男は卑猥に笑い、悲鳴をあげるオーレリアから容赦なくドレスを剝ぎ取っていく。

「いやあっ、誰か……！」

「滅茶苦茶にされちゃえばいいのよ。あの方とは似ても似つかない下種な男に、ぼろぼろにされておしまい」

昏い嫉妬の焔《ほのお》を双眸に宿し、ネリイは歪んだ笑みと共に低く呟く。

抵抗の甲斐なくあっけなくドレスが奪われ、男が嬉々としてコルセットの紐を外していく。

シュミーズを一枚残しただけのあられもない姿にしてしまうと、男は我慢できないと言わんばかりに、オーレリアの乳房をわしづかんだ。

「いやっ！」

「ああ、このおっぱいたまんねえ……！」

両手に収めた柔らかなふくらみを欲望のままに揉みしだきながら、男がうっとりと呟く。

さらに薄布越しに淡く透けている乳首に男の舌が絡みつく。その生温かく不快な感触にぞくりと悪寒がはしり、オーレリアは消え入りそうな悲鳴をあげた。

「お願い、やめて、やめて……」

——こんなの、いや……！

あのときは、クレイグが診察に来ていると分かっていたから助けに来てくれた。だけど、今度は違う。彼は、オーレリアがここにいることを知らない。

だけど、それでも——。

「……ヴィクトール、助けて……！」

声を振り絞るように彼の名を呼ぶ。

「来るわけないでしょ、諦めなさい」

嘲笑うネリイの言葉を証明するように、誰かが部屋に来る気配はない。

「あなたが消えれば、あの方も元のあの方に戻るはず。だからさっさとあなたは消えてちょうだい」

「いやぁ……ッ、ヴィクトール……！」

「しつこいわね、来るわけないって言ってるでしょ。ここは誰も――」

「勝手に決めつけないでもらいたいね」

突然割って入った第三者の声に、ネリイがぎょっとして、声のしたほう、部屋の入り口を振り返る。鍵をかけていたはずなのに、なぜか扉は開けられていた。そうしてそこに立つ優美な姿。こんな状況だというのに、彼はまるで夜会に招待された客人のように優雅な足取りで室内へと入ってきた。

「ヴィクトール……」

呆けたようにオーレリアはその名を口にする。まさか再び彼が助けに来てくれるなんて思わなかった。未だ組み敷かれたまま呆然としていると、低いうめき声と共に、オーレリアに覆いかぶさっていた男が不意に消えた。否、正確には強制的に寝台から引き摺り下ろされたのである。――ヴィクトールに視線が集中している間に、すばやく動いたリオンによって。

「お嬢様、ひとまずこれを」

痩せた男を片手で拘束したまま、リオンが反対の手で持っていた女性用の外套を差し出す。裾の長いそれは、羽織れば足元まですっぽりと隠れるデザインであり、オーレリアは慌ててそれを受け取った。その間、リオンはさっさと痩せた男を縛り上げている。

「オーレリア」

今はもう耳に馴染んだ彼の声に、身体が勝手に反応する。

「……っ」

ヴィクトールが腕を広げてオーレリアの居場所を示していた。迷うことなく飛び込んだ胸の中、強く抱きしめられて泣きたくなるほどの安堵を覚える。

「遅くなってすまない。ここを聞きだすのに手間取ってね」

遅くなどない。こうして助けに来てくれたのだから。何度もかぶりを振ることでそれを伝えると、「無事でよかった」と吐息まじりの柔らかな声が耳朶に触れた。

「リシャールが……」

「彼なら、もう助けたよ。今頃は病院へ向かっているはずだ」

「なっ⁉」

その台詞に鋭く反応したのは、オーレリアではなくネリイだった。

「どうして、ここが……！」

「秘密の伝手《つて》があってね。それに、いくら権力を使ったところで、陛下の前にはそんなもの意味がない」

「まさか、近衛府が⁉」

「君を溺愛しているコートニー伯も、今回のことを知って嘆いていたよ」

父親に知られたことを悟り、ネリイが青ざめる。

「だ、だって、みんな言っています。あなたはすっかり変わってしまったと。すべてその人が悪いんだって。だから、オーレリアさんさえいなくなれば――」

「以前のように軽薄な僕に戻るだろうと？」

馬鹿馬鹿しいとヴィクトールは薄く笑う。

「君たちが彼女の代わりになれるはずがないだろう。僕の見た目にしか興味がない君たちに、僕が愛情を抱けるはずがない」

「……でも」

「それに、僕が君に特別な感情を抱くことはないよ、ネリイ。もしも彼女と出会わなかったとしてもね。それでも君がオーレリアに手を出さなかったら見逃してあげてもよかったんだが……」

呆然としていたネリイがびくりと肩を震わせた。振り向けば、いつの間にか茶髪の男がネリイの背後に忍び寄り、彼女の腕を捉えて後ろ手に縛り上げていた。

「ちょっと、何するの！」

叫ぶネリイを抱え上げ、茶髪の男は彼女を寝台の上に横たえる。それは先ほどまでのオーレリアと同じ状態だった。

「何するのよ！　今すぐほどきなさい！」

「すみませんね、お嬢さん。俺も自分がかわいいので」

まるで悪びれずに茶髪の男は言うと、飄々《ひょうひょう》と肩をすくめて踵を返す。そのまま部屋から姿を消す男を、ネリイは唖然としたまま見送るしかなかった。

「ちょ……」

「彼も随分と良い性格をしていますね。あなたが狼狽えている隙に、協力してくれたら見逃すと持ちかけたら、あっさり寝返ってくれましたよ」

苦笑まじりに言いながら、リオンは肩をすくめる。

「そんな……こ、こんなの冗談でしょ？　早くほどいて……」

さすがにこの状況では分が悪いと理解したのか、ネリイが憐れみを請うようにヴィクトールを見上げる。だが、彼女に返されたのは情けではなく華やかな嘲笑だった。

「君も頭が悪いね。これまで自分がしてきたことを思えば、ぬるすぎるくらいだよ」

そう言うと、ヴィクトールは床に転がされている痩せた男を振り返る。

「悪いが、オーレリアは僕の妻になる人だ。君の好きにされては困る。――だが、僕たちがここを出た後、この部屋で起きたことについては僕は一切関知しない」

当然のことのようにヴィクトールは言い、寝台の上のネリイを示す。

「……いいのか？」

初めは怪訝そうだった痩せた男も、オーレリアの身代わりとして差し出された新たな獲物に満足しているのはその表情から明らかだった。痩せた男の下卑た笑みに、ネリイが悲鳴をあげる。

「……なっ、い、嫌よ！　冗談じゃないわ、こんな男に！　離して！」

「彼が満足するまで付き合ってあげたら解放してあげるよ。そうすれば、誘拐された少女たちの気持ちも少しは分かるだろう？」

「ひぃ……ッ」

ネリイは目に見えて青ざめ、がたがたと震えだす。

「行くよ、オーレリア」

もうそちらへの興味はなくしたように、ヴィクトールはオーレリアを抱き上げる。

「……だめよ、こんなのあんまりだわ」

部屋を出ようとするヴィクトールを、オーレリアが腕を摑んで引き留める。確かにネリイは自分を辱めようとした。だが、こんなことまでは望んでいない。

「――君は優しいね」

縋るように見上げるオーレリアを、ヴィクトールが苦笑まじりに受け止める。

「大丈夫だよ、あと数分もすれば近衛府から騎士がここに来るからそんなひどいことにはならないよ。それに彼女はこれまで何人もの少女たちの誘拐を指示してきたんだ。少しは反省してもらうべきだろう？」

「……それは、そうだけど……」

「それよりも僕は、なだれ込んでくる彼らに、君のあられもない姿を見られるほうが嫌なんだ」

その指摘で、自分が下着姿に外套を纏っているだけだと思い出し、かあっと頬を赤くする。外套の裾から見える素足が心もとなく、身を縮めるようにして両足の先をすり合わせる。

「でも、こんなの間違ってるわ」

それでもやはり見て見ぬふりはできないとオーレリアが言いかけると、「大丈夫ですよ」とリオンが請け合った。

「旦那様は、懲《こ》らしめるためにあのようにおっしゃっているだけで、本当になさったりはしませんから」

「……本当に？」

「はい。僕が見届けるために残りますから、ご安心ください。ふたりは間違いなく騎士に引き渡しますし、逃げた男もほどなく捕まる手はずです」

ヴィクトールの考えを知り、オーレリアはほっと安堵する。

「奥庭の先に裏門があって、そこに馬車を待たせてる。彼らが来ないうちに行くよ」

「え、ええ」

オーレリアは今度は素直に頷いた。

部屋を出ていっても扉の奥からは悲鳴らしきものは聞こえず、やはりネリイを脅すためだけの方便だったのだと安堵する。

「ありがとう」

思わずぽつりと呟くと、ヴィクトールが「何が？」と訊ねてくる。

「ううん」

小さくかぶりを振るオーレリアを、ヴィクトールは何か問いたそうに見ていたが、やがて足早に階段を上ると、奥庭の先にある裏門へと向かった。

一旦ランバート邸へ戻り、身なりを整えた後で、オーレリアたちは王立病院にいるリシャールのところへ向かった。病室へ着いたときには、既にリシャールは目覚めており、姉弟は互いの無事を喜び合った。

「どうやら、リシャール君に使われたのは、単なる睡眠薬だったようです。一応、今夜一晩入院していただいて様子を見て、何事もなければ明日にも退院できるでしょう」

つい半日前に診察したばかりのマクレーン医師が、安心させるようにオーレリアに言った。

「あなたも疲れているようだし、今夜はゆっくり休んだほうがいい」

「……ありがとうございます」

自分でもその自覚があり、オーレリアは力なく微笑んだ。

病院内でも帰りの馬車の中でも、ヴィクトールはオーレリアを優しく労わってくれた。

「大丈夫かい？　このまま眠っていいよ」

馬車の心地よい揺れに睡魔が忍び寄り、ついうとうととしてしまうと、その様子に気づいたヴィクトールが穏やかに促す。オーレリアは「ええ」と小さく頷くと彼の肩にそっと頭を預けた。その素直な様子に、ヴィクトールが微かに目を瞠る。

「……今日は随分素直だね」

「こんな状態のわたしに、何かしようなんて悪趣味じゃないでしょう」

「――分かったよ」

淡く苦笑してヴィクトールはオーレリアの肩を抱く。ややあって、ヴィクトールが思い出したように口を開いた。

「さっき君がリシャールと面会をしている間にリオンが戻ってきたよ」

「……どうなったの？」

「あれからすぐに騎士たちが来て、ふたりとも捕らえられたそうだ。外に逃げたもうひとりもね。今後は彼らの事情聴取を元に誘拐された少女たちの行方を捜索するらしい」

「誘拐された人たち、見つかるの……？」

不安そうに見上げるオーレリアに、ヴィクトールが微笑んで応える。

「これまでの捜査で、彼らがどのルートを使ったかは既に分かっているそうだから、そんなに時間はかからないと思うよ」

「本当に？　……良かった……」

彼女たちのことを思えば、そんなに簡単に解決する話ではないと分かっている。それでも異国の地で男たちに弄ばれ続けるよりは、とオーレリアは信じたかった。

「早く助けてあげて……」

「そうだね。一日も早く彼女たちが見つかって、心の傷が癒《い》えることを願うよ」

「ええ……」

——どうか、彼女たちが好きな人と幸せになれますように——。

穏やかな温もりの中、顔も知らない令嬢たちの幸福を願いながら、オーレリアはやがて眠りに落ちた。


目が覚めると、窓の外はすっかり暗くなっていた。

「……ん……ここは……」

「僕の家だよ。病院から近かったし、それに君と話したいこともあったからね」

「……話したいこと？」

少し残る眠気に、舌っ足らずな口調で問いかけながら、寝台に腰かけていた彼を見上げると、彼はため息まじりに「やっぱりね」と苦笑した。

「君は忘れているようだったから」

「忘れてるって……」

「今日でちょうど一か月だよ」

そう言われても、初めは意味が分からなかった。一か月。その言葉にどういう意味があっただろう——。

「……あ……」

「そんな気はしていたんだけど、やっぱり忘れてたんだね」

「………」

呆れたように彼は言うと、それも仕方がないというふうに肩をすくめた。

「色々あったから、僕とのことを思い出すような余裕はなかったかもしれないね」

「……あ、あの……わたし……」

一か月前にこの屋敷で交わされた契約。それは四か月前の夜にかわした約束を思い出せというもの。思い出すことができれば、借金の返済もなくなり、オーレリアは自由になれる。しかしもしひと月後に思い出すことができなければ——。

だが、約束の一か月がたった今、オーレリアは交わされた約束自体をすっかり忘れてしまっていた。彼との結婚をあれほど嫌がっていたはずなのに。

「ごめんなさい、わたし……」

「君が弟のこととなると冷静さを欠くことは、このひと月の間で嫌という程実感したけど」

そこで一旦ヴィクトールは言葉を切ると、ひとつため息を吐いた。

「君はもう少し僕や周囲を頼るべきだ」

「……でも、リシャールはわたしの弟だから……」

「それがいけないんだ。君は生真面目すぎて、人を頼ることができない。姉だから弟を守るのは分かるが、君ひとりですべてを背負うなんてそもそも無理に決まってるだろう？」

「わ、分かってるわよ、そんなこと」

彼の言い方は優しいが、だからといって素直に受け入れることはできなかった。

「だけど、リシャールは幼い頃に両親を失って――」

「それは君もだろう？」

きっぱりと断言されて、オーレリアは絶句する。

「君の両親のことは僕も少し調べたから知っているよ。社交界にしか関心がなく、子どもへの愛情に薄い人たちだったそうだね。だけど、それは君のせいじゃないし、ましてやリシャールが彼らの愛情を知らずに育ったのは、彼らの罪であって君にはまったく関係ないことだ」

「……でも、わたし……」

「君は悪くない。だから、君が必要以上にリシャールに負い目を感じる必要はないんだ」

「…………」

なぜだろう。同じ言葉を、いつだったか聞いた気がする。

駄々をこねる子どものようなオーレリアに、今と同じように言ったのだ。『君は悪くない』と。

あれは誰の言葉だったか――。

「……ぁ」

不意にオーレリアの脳裏にひとつの記憶が蘇った。

「オーレリア？」

急に呆けたように固まったオーレリアに、ヴィクトールが不審そうに声をかける。だが、それにオーレリアは応えなかった。――ただ、ぽつりと呟いた。

「……あなたは……」

「え？」

小首を傾げるヴィクトールが見つめる中、オーレリアはぎこちなく彼を見上げた。

「あなたは、酔っているわたしに帰れと言った」

刹那、ヴィクトールが驚いたように目を瞠った。

そうだった。あの晩、目が覚めたオーレリアに、ヴィクトールは帰るように諭した。そして彼は言ったのだ。

『これに懲りたら、これからは知らない相手に酒を勧められても断ることだ。招待客すべてが君の思っているような紳士とは限らないんだから』

彼に他意はなかったのだろう。純粋にオーレリアを心配しての台詞だった。だが、この時のオーレリアは彼に軽はずみな行為を批難されているように感じたのだ。

『そんなこと、分かってるわ』

悔しさに眉根を寄せながらオーレリアが言うと、青年は少し驚いたようだった。

『本当は舞踏会なんて出たくなかった。だけど、そんなことしたら弟の恥になるから……。なのに結局こんなことになって、弟に申し訳ないわ』

彼の言うとおりだ、とオーレリアは痛感する。もっと注意するべきだったのだ。なのに、うかうかと勧められるままにワインを口にして、その挙げ句、襲われかけて。言葉にすると余計に現実を痛感してしまい、目頭が熱くなる。

『出たくなければ出なければいいじゃないか』

『そんなことしたら！』

とんでもない、とオーレリアは声を荒らげる。

『もしそんなことをしたら、クロフォード家の次期当主の姉は、夜会に出たがらない変わり者だって噂を流されちゃうじゃない！　そうしたら結局は弟の恥になっちゃうのよ』

『……そんなに難しく考えなくてもいいと思うけど……』

ぼそりと呟く青年は、オーレリアの生真面目な反応に思わず苦笑する。

『リシャールが成人するまでは、わたしがしっかりしないといけないって分かってるの。だけど、弟のためにと思って頑張るほどに、皆は本当のわたしを見てくれなくなって……それがどうしようもなく苦しくて……』

日頃は胸の奥にしまっている本音が、堰《せき》を切ったように溢れだす。アルコールの効果なのかそれとも薬の作用なのかは分からない。けれど、オーレリアは名前すら知らない、この夜初めて会っただけの青年に、これまでずっと押し殺してきた感情を吐露《とろ》していた。

『こんな自分が嫌でたまらなくなるの……』

込み上げる涙が頬を伝っていく。静かに頬を濡らす横顔を、青年がじっと見つめている
ことにオーレリアは気づかない。

『そんなに気を張らなくてもいいんじゃないか？』

『……だって、わたしは姉だもの。だから……』

あくまでも姉であることにこだわるオーレリアに対し、青年は根気強く語りかける。

『姉として生まれたのは君のせいじゃないよ。誰も、君を責めたりしないから、もう少し
気持ちを楽にするんだ』

『……だけど……』

『君は悪くない』

『…………』

『君は悪くない。少なくとも僕は君がどれほど頑張っているか知っているから』

『……あなたが……？』

戸惑ったように見つめるオーレリアに、青年は穏やかにほほえんだ。

『ああ。だから大丈夫だよ』

『本当に？』

『ああ』

青年が繰り返すうち、オーレリアの表情が少しずつやわらいでいく。

『以前から君の噂は聞いているけど、女学院でも優秀なんだろう？　十分弟君が誇れる姉じゃないか』

『わたしのことを知っているの？』

『ああ。噂でだけどね。今夜の招待客の大半が、君目当てだと言っても過言じゃないよ』

『……わたし？』

『クロフォード夫人の美貌は社交界でも有名だったからね。その娘が女学院で女神のように敬われているとくれば、皆の期待も弥《いや》が上にも増すさ』

『……な……』

『だから気をつけたほうがいい。今夜のことで分かったはずだけど、君のような子は特に狙われやすい。今回は僕が偶然通りかかったから助けることができたけど、次もそうとは限らないからね』

青年の忠告に先ほどのことを思い出してしまい、オーレリアの双眸に再び涙が込み上げる。途端、青年が少し困ったように眉を顰めながら付け加えた。

『ごめん、脅かすつもりはないんだ。ただ、君にもっと危機感を持ってほしくて――一番いいのは、君が早く特定の相手を見つけて、その相手にエスコートしてもらうことなんだが……』

『……あなたにはいるの？』

『え？』

『特定の相手。あなたには、いるの……？』

『いや、いないけど。――どうして？』

『じゃあ、あなたがいい』

予想外のオーレリアの台詞に青年は呆気にとられる。

『……いや、慌てなくても、相手はゆっくり見つければいいことだし……』

『わたしだとあなたに相応しくないから？』

じわりと涙を浮かべるオーレリアに、青年は苦笑する。

『そんなことはない。君はとても美しいし魅力的だ。家柄も申し分ないし、結婚相手としても理想的だと思うよ。だけど、今の君は酔っているし、冷静な判断が――』

『酔っていても分かるわ。あなた優しい人だもの。わたしのこと、本当に心配してくれているのが分かる』

『そんなの、単に君の思い込みかもしれないだろう？』

『そうかもしれない。だけど、あなたはわたしを助けてくれて、いけないことだと叱ってくれた。それって悪い人がすることじゃないでしょう？』

『…………』

『もう、上っ面だけで判断されるのはまっぴらなの。誰も本当のわたしを見てくれない。だけどあなたは違う。あなたは本当のわたしを知っている。そして、馬鹿なことをしたとわたしを叱ってくれる。わたしのことを心から心配してくれているから――そうでしょう？』

『それが演技だったらどうするの？　僕が君を騙していたとしたら……』

青年の目がオーレリアをまっすぐに見つめる。その眼差しをしっかりと受け止めながら、オーレリアは泣き笑いの表情を浮かべた。

『……だから、あなたがいいの……』

──わたしが傷つかないように、心から気遣ってくれるあなただから。

潤んだ双眸が青年をじっと見つめる。その眼差しに囚われたように、青年もまたオーレリアを見つめ返す。ややあって、青年は苦笑すると「参ったな」と呟いた。

『……その提案を受け入れるとして、僕と特別な関係になるということは、それなりの覚悟もいるって分かってる？』

『覚悟？』

『結婚初夜まで清らかな身体を守ることはできないということだよ』

それが何を意味するのか気づいてオーレリアの白い頬が赤くなる。だが、躊躇いを見せつつも口から出たのは肯定の言葉だった。

青年がオーレリアを抱き上げる。運ばれながら、オーレリアはそっと彼の胸に頭を預けた。連れて行かれた寝台の上に下ろされ、襟元を緩めた彼が覆いかぶさってくる。端麗な美貌を、不安と恥ずかしさで胸を高鳴らせながら見上げれば、宥めるように彼が柔らかく微笑んだ。

『本当に後悔はしないね？』

『……あなたは……？』

『するわけがない。明日になって、君が心変わりしたとしても逃がさないよ』

そう言って微笑む青年には、先ほどまではない妖艶さが漂っていた。まっすぐに見つめる深い青の双眸に魅せられて、オーレリアは小さく息を呑んだ。

『怖い？』

『……少しだけ……』

正直に打ち明ければ、青年は優しく微笑んだ。

『僕は神なんて信じないけれど、君のような女神なら敬うのも悪くない』

青年の指が、オーレリアの胸元のリボンをするりと引きほどく。

何もかもが初めてのオーレリアはすべてを青年にゆだねた。

青年は壊れものに触れるように丁寧にオーレリアを愛撫していく。その優しさに、はじめは緊張でこわばっていた彼女身体から少しずつ力が抜けていった。

そうしてオーレリアが蕩けきってしまったころ、ヴィクトールは甘く微笑んだ。

『かわいいオーレリア、僕が君に一生傅《かしず》いてあげよう――』

その誓いの言葉と共に、ゆっくりと身の内を貫かれた――。

「わたし……ッ」

すっかり忘れていた。あんなことが――すべてが逆だったなんて。

「心変わりどころかあの夜の記憶自体が君からきれいに消えていたと分かったときには驚いたよ。おそらく薬の効果がワインで強められてしまったんだろうね」

だけどこれで分かったろう、とヴィクトールはオーレリアに笑いかける。

「僕が選んだんじゃなく、君が僕を選んだんだって」

恥ずかしさで頬が尋常でないほど熱を帯びている。幸か不幸か思い出してしまった今、ヴィクトールの言い分が正しかったことが証明された。しかし、それは同時にオーレリアにもうひとつの事実も思い出させた。

「……じゃあ、賭け、はわたしが……？」

「残念ながらそうなるね。僕としてはあの夜の出来事を思い出してくれたのは嬉しいけど、これで君を手に入れる口実を失ったから、複雑な心境だよ」

彼の台詞に不思議と自由になれたという喜びはなかった。それよりも――。

「どうしてそんな悲しそうな顔をしているの？　僕から解放されたと喜ばないの？」

「……分からない……」

途方に暮れたように眉尻を下げる姿に、ヴィクトールの表情がふっとやわらぐ。

「良かったよ。ここで君が嬉々としていたら、この後の台詞が言えなくなるところだった」

「え？」

きょとんとするオーレリアへ向けて、ヴィクトールは左手を緩やかに伸ばす。

「これで僕たちの関係は一度清算されたということになる。――だから改めて言うよ、オーレリア」

そう言うと、ヴィクトールはオーレリアの左手を掬い上げた。いつになく真摯《しんし》な眼差しに、オーレリアの胸が知らず高鳴っていく。

「愛している、オーレリア。どうか僕と結婚してほしい」

「……え……」

「本当なら、最初からこうすればよかったんだ。だけど、君は僕のいろんな噂を聞いていたし、それこそリシャールの義兄になるには僕は少々相応しくない男だからね。――だからあの夜の記憶を失った君に求婚せずに、君が借金で困っているところに付け込んだ。それに――」

そこで一旦彼は言葉を切ると、ふっと淡く笑う。

「きっと君は僕とのことなんて、消し去ってしまいたい過去だと思っているはずだからね。そうはさせないと思ったんだ」

「……いつから……わたしを……」

「出会ったのはあの夜が最初だよ。そのときは綺麗な子ぐらいにしか思ってなかったけど、君と話すうちになんだか目が離せなくなってね。――正直僕は、女性に対して嫌悪感を持っていたから――」

「え？　その逆じゃ」

思わず口を挟んでしまったオーレリアに、ヴィクトールは苦笑する。

「まあ、僕も一応男だし、それなりに性欲はあるから」

その言葉が意味することに思い至り、オーレリアの白い頬がさっと上気する。

「――つまり彼女たちはそういう相手だよ。それを恋人と呼ぶならそうなのかもしれない」

「…………」

「でも、僕が自分から欲しいと望んで付き合った女性は、オーレリア、君が初めてだよ」

じっと見つめて告白され、オーレリアは狼狽える。

「……で、でも、どうして……？」

「僕の幼少期のことは伝えたよね」

唐突に話を変えられて戸惑いつつも、オーレリアはこくりと頷く。

「夫人はその悋気で母を苦しめると同時に、夫に対しても疑心暗鬼で、いつも浮気をしているんじゃないかと批難していた。そのときの夫人の剣幕はすごくてね、まさに泣き叫ぶという表現が相応しかったよ。さっさと母を追い出せだの、どうして愛人の子の僕をかわいがるのだの、果てはふたりの間に子ができないのは、夫が自分をないがしろにしているからだとか言ってね。そういうことが日常的だったから、そのときの夫人の剣幕に恐怖しながらも、女性の涙に嫌悪感を抱くようになっていったんだ」

「…………」

ヴィクトールは「だけどね」と小首を傾げる。

「君の涙には、不思議と嫌悪感は覚えなかった」

「わたしの……？」

ああ、とヴィクトールは頷く。

「最初はその理由が分からなかったけれど、君が泣くのは弟のためだと気づいたときに分かったんだ。――母も同じで自分を憐れんで泣く人ではなかった。夫人につらく当たられているときも、闘病中も僕の前ではいつも笑顔だった。そんな母が泣いたのはたった一度――亡くなる間際、ひとり僕を残していくことを悔いながら謝ったときだけだった。だからかな、君の涙には不思議と懐かしさを覚えた」

そんなことが……とオーレリアが黙り込んでしまうと、ふと何かを思い出したようにヴィクトールが苦笑する。

「理屈ではそうだけど、君の泣き顔にたまらなくそそられる、っていうのもあったからかな」

「……なっ」

ぎょっとして思わず身を引きそうになると、見透かしたように彼の手に預けていた手を摑まれる。

「どうして逃げるの」

「だ、だって……」

「そうやって君は逃げたがるから、捕まえたくなるんだ。そんな君を追いかけるうちに、いつの間にか僕は君に夢中になっていた」

悪戯っぽく笑いながら、ヴィクトールは問いかける。

「ねえ、オーレリア。今度は君の番だよ」

「え？」

「さっきの申し込み……返事は？」

「……あ……」

「僕は君を愛してる。きっと……初めて会ったあの夜から。君はどう？　再会したあの日から僕への気持ちは変わらない？」

「………」

——そんなこと、どうして今訊くの。きっと今、わたしの顔は真っ赤になっている。そんな顔、見られたくないのに。

狼狽えるばかりのオーレリアの反応を楽しむように、ことさらに彼は身を寄せると、もう一度問いかけた。

「ねえ、君の返事を聞かせて」

「……そ、そんなこと……」

「嫌なら僕は大人しく帰るよ。そしてもう君の前に現れない。借金も返さなくていい。

――君はもう自由だ」

「自由……」

呟いてみて、胸がぎゅっと締め付けられた。それは少し前まで望んでいたことだった。

――だけど今は。

気がつけば、オーレリアは小さくかぶりを振っていた。

「あの夜の……」

「何？」とヴィクトールが小首を傾げる。彼に見つめられながら、オーレリアはもう一度繰り返した。

「あの夜の約束は、今も続いてる……？」

「オーレリア」

彼が驚いたようにかすかに目を瞠る。

「これまで忘れていてごめんなさい。だけど、もしもまだ続いているなら……」

「勿論続いてる。それなら君の答えは……」

こくりとオーレリアは頷いた。

「わたしも、あなたがいい」

いつからそう思い始めたのか――。

彼がリシャールを助けてくれた頃から、彼が思っていた人とは違うと分かって、その頃から彼のことが少しずつ気になっていった。そして思い出した彼は、オーレリアに対して誠実だった。きっと、これまで結婚前に縋ってきた少女たちにも、彼はあのときのように真摯に向き合って説得していたのに違いない。そう思うと、そんな彼のことを忘れたどころか拒絶さえしていたことが申し訳なくさえ思えてくる。

「ごめんなさい、ずっと忘れていて。――それどころか酷いこともたくさん言って……」

「そんなこと、気にしなくていいよ。ああ、オーレリア……！」

「きゃ……！」

手を伸ばした彼に押し倒され、オーレリアは小さく悲鳴をあげた。そのまま覆いかぶさってくる彼を、オーレリアは焦ったように見上げる。

「えっ、な、何……？」

「もうずっと君に触れてなかったから」

熱を帯びた眼差しで、彼が何を望んでいるのか分かってしまう。だけど今はもう彼を拒む気持ちは微塵もなかった。

――何より、オーレリア自身が、彼に触れられることを望んでいたのだから。

返事をする代わりに、オーレリアは少しだけ困ったように微笑んだ。それが精一杯の了承の印《サイン》だったけれど、それだけで彼には十分伝わったようだった。

「愛してるよ、オーレリア」

「……わたしも……あなたが好き……」

恥ずかしくて目を合わせられない。そんな彼女にヴィクトールは優しく微笑んだ。

「愛してる」

柔らかく重ねられる唇を、オーレリアは目を閉じて受け入れた――。


重なり合う唇が溶けてしまうのではないかと思う程に、それは長い口づけだった。

「ふ、あ……ッ」

彼の舌がオーレリアのそれに絡みつく。彼を好きだと気づいても、未だにこの行為に慣れないオーレリアが思わず逃げそうになってしまうと、それを見透かしたように舌先で敏感な部分をくすぐられた。

「はぁっ、あ……」

ひとしきり続けられる行為に、恥ずかしさで硬くなっていた身体から徐々に力が抜けていく。思い出せなかった頃でさえ、こうして彼に口づけられることに嫌悪感を抱かなかったのは、心のどこかで彼を好きだということを覚えていたからかもしれない。

まだ唇を求められているだけだというのに、既に身も心も蕩けてしまいそうなほど、オーレリアは彼との行為に酔いしれていた。

――どのくらい時間が経ったのか、肌にひやりとした外気を感じ、閉じていた目をうっすらと開くと、いつの間にかドレスもコルセットも脱がされていた。

「え……やだ……！」

シュミーズの肩ひもを下ろされ、オーレリアは恥ずかしさに声をあげてしまう。その声に、ヴィクトールはくすりと笑った。彼もまた既に上着を脱いで襟元を寛げている。

「僕に見られるのが恥ずかしい？」

分かってるなら訊かないで、と思わずオーレリアは口を尖らせる。

「駄目だよ、そんなかわいい顔されたら、余計に恥ずかしがらせたくなる」

「えっ、あ……！」

彼の手が胸元にかかり、シュミーズが腹部まで一気に引き下ろされる。むき出しにされた乳房に彼の視線が注がれるのを感じて、オーレリアは真っ赤になった。

「やっ、やだ……」

身を捩っても逃れられず、却って揺れるふくらみが彼の目を楽しませるだけになってしまう。

「そんなことして、僕を煽ってるの？」

「ちが……あぁっ」

言い終える直前、ふくらみに彼の大きな手が被さり、やんわりと揉まれる。突然与えられた不意打ちの快感に、オーレリアは背をしならせた。自分で触れても何も感じないのに、ヴィクトールに触れられると全身が甘く痺れてしまう。時折悪戯に先端を摘まれると、恥ずかしいほど甘ったるい声が出てしまい、それが余計にオーレリアの羞恥心を刺激した。

「だめ、こんな……やぁっ、あぁ……！」

「こんないやらしい胸しておいて、駄目なことはないだろう？　――ここだって、こんなに尖らせて」

華奢な身体にしては豊かなふくらみを自在に歪めながらヴィクトールは淫靡《いんび》に笑うと、彼女の胸に顔を寄せて色づいた乳首を乳輪ごと口に含んだ。

「ひゃ、あっ、あ……！」

口内に含まれた先端に、彼の熱い舌が絡みつく。硬く尖らせた舌先に弾かれていたかと思うと、唇ごと吸い付かれてねっとりと舐めしゃぶられる。反対側の胸も揉まれながら、先端を指先につままれてしまう。両方の胸に与えられる間断のない刺激に、敏感になりすぎたそこがじくじくと疼いてしまい、オーレリアは耐えきれずにあられもない声をあげてしまった。

「いやぁっ、だめ、こんな……あっ、あ……！」

感じすぎているオーレリアは、自分が泣いていることにも気づかない。そして、そんな様子を彼が熱っぽい眼差しで見ていることにも気づけないでいた。

乳房を愛撫しながら、ヴィクトールは緩やかに右手を下腹部へと滑らせていく。下肢まで滑り下りた手が、シュミーズの裾を捲り上げながらほっそりとした白い脚を露わにすると、薄布をかき分けて既にこれまでの愛撫でしとどに濡れているそこを指の腹でなぞった。

「あぁんっ！」

突然秘所に強い快感が走り、オーレリアは腰を跳ね上げて高く啼いた。彼の指が動くたび、秘所から恥ずかしい音が聞こえてしまう。

「あんっ、だめ……だめぇ……っ」

「駄目？　本当に？」

恥ずかしがるオーレリアをからかうようにヴィクトールは言うと、素早く腰の紐をほどいて下着を脱がせる。そうして上体を起こすと、彼女の両脚に手を掛けて押し開いた。

「いやっ、だめ……っ」

陰唇がぱっくりと割り開かれ、秘めるべき場所がすべて彼の目に晒されてしまう。

「すごいね、蜜がどんどん溢れてくる。見られて興奮してるの？」

「……ちが……っ」

いやいやとかぶりを振って、やめてと縋るも、顔を寄せた彼に割れ目に沿ってねっとりと舌を這わせられ、強すぎる快感に媚びるような甘えた声をあげるばかりになってしまう。

「ああっ、あぁっ、あっ、あ……ッ！」

オーレリアの切ない濡れ声が、熱を帯びた部屋に響きわたる。

ぬるぬると秘所を這う舌が、ぷくりと立ち上がっている秘芯を嬲《なぶ》る。敏感すぎるそこを尖らせた舌の先で磨くように舐められると、子宮へと揺さぶりかけるような快感が走り、オーレリアはたちまち昇りつめてしまった。

全身が甘く痺れて力が入らない。絶頂の余韻でぼんやりと天井を見上げていると、覆いかぶさってくる彼に優しく口づけられた。

「ごめん、オーレリア。本当はもっと君を気遣ってあげたいんだけど……」

滲んだ視界で彼を見ると、心なしかいつもより余裕がないような、何かを耐えているような感じがした。それが自分を求めるが故だと分かるから、オーレリアは恥ずかしかったけれど、自分の思いを伝えるために微笑んだ。

「好きよ、ヴィクトール……」

「……ッ、オーレリア……」

驚いたようにヴィクトールは目を瞠ると、やにわにオーレリアの両脚を割り開く。濡れそぼつ蜜口に熱く硬いものが触れたと感じる間もなく、それは一気にオーレリアの中に押し入ってきた。

「ひぁ……ッ！」

あまりにも突然の挿入に軽い痛みに襲われる。けれどそれを遥かに凌駕《りょうが》する強い快感は、余韻から抜けきらないオーレリアに再び絶頂をもたらした。

「本当に……君は僕を煽るのがうますぎる」

「そんな……あっ、あんっ」

がつがつと乱暴に腰を打ち付けられ、オーレリアは言葉にならない嬌声をあげることしかできない。

「だけど、こんなかわいい顔を見せてくれるのが僕だけなら、それも悪くない」

「はあっ、ああっ、こん、な……ッ、はげし……あっ、あっ、あぁんっ！」

熱い息と共に充血した膣壁を素早く擦り上げられ、突き上げに合わせて形の良い双乳が揺れている。そのあたかも誘うように揺れるふくらみを、鷲づかみざま大きく揉まれると、不意打ちの快感にオーレリアの喉から甘ったるい悲鳴が迸った。

「ひゃ……ッ、あっ、あ……ッ」

短時間の間に再び訪れようとしている絶頂の波に、オーレリアは首を振りながら泣きじゃくる。

「だめ、こんな……また、ああ、あぁあ……ッ」

「いいよ、何度でもいかせてあげるから……っ」

喘ぐオーレリアの媚態に煽られるように、突き上げが早く激しくなる。

「あっ、あっ、あ、ん……！」

昇りつめる直前、彼の唇に口を塞がれた。激しく舌を絡められながら、身体を密着させた彼に小刻みに子宮を小突かれる。それだけでも耐えがたいほどの快感だというのに、さらに熟れた花芯を指の腹で擦られて――。

子宮の奥に蜜のような甘い熱が溜まっていく。快感に比例して溜まっていくその熱が、やがて限界を超えて弾けた瞬間、オーレリアは身の内に彼の迸りを感じると同時に、深すぎる絶頂に涙の粒を散らしながら達した。

唇が離れ、彼がそっと上体を起こすと、覆いかぶさっていた温もりが消え、愛しい肌が離れた寂しさを覚える。けれど、それも束の間のことで、再び柔らかく唇が重ねられた。

「ん……っ」

緩やかな口づけが次第に官能を増していき、大きな手がオーレリアの肌を柔らかく撫で始める。その意味に気づいて、オーレリアが戸惑ったようなか細い声をあげると、彼の手が止まった。

「もっと君が欲しい……嫌……?」

どこかねだるような眼差しに、オーレリアの頬に熱が溜まる。

「……そ、そんなこと……」

わたしに訊かないでと思う。それに今まではいつだって主導権は彼が握っていて、どんなにオーレリアがやめてと言っても聞いてくれなかったのに。

――こんなときだけ訊くなんて、ずるい。

だけど彼が、以前とは違う関係を築こうとしていることも分かってしまうから。

それに何より、オーレリア自身がそれを望んでしまっていたから。

「……嫌じゃ、ないわ」

わたしも、もっとあなたに触れたいから。

ますます頬を赤くしながら、消え入りそうな声で精一杯の気持ちをオーレリアが伝えると、ヴィクトールが嬉しそうに笑った。

第十一章　シェフィールド侯爵

「会ってほしい人がいるんだ」

翌朝、食後のお茶を飲んでいると、ヴィクトールがそう切り出した。

「会ってほしい人？」

「今回の件で色々と世話になった人だよ」

それならオーレリアもお礼を言わなくては、とすぐに了承する。どなたなの、と問うオーレリアに対し、けれどヴィクトールはそれ以上の細かい説明はしなかった。

馬車へと案内され、促されるままに乗り込む。走りだした馬車の中で、再び「どなたなの？」と訊ねるが、彼は言葉を濁《にご》すばかりで、やはり答えようとはしなかった。

いつにない彼の態度に、オーレリアはひょっとして彼自身、会わせたいと言いながらも迷っているのだろうかと思った。

「君に会わせたくないわけじゃなくて、僕が会いたくないんだよ」

訊ねるとそんな返事が返ってきて、オーレリアの困惑はさらに深まった。

いつも飄々としたヴィクトールにここまで言わせる相手とは一体誰だろう。

「わたしの知っている人？」

「どうかな……」

困ったような苦笑を浮かべる彼に、オーレリアはなんとなくそれ以上訊きづらくなってしまった。

昨夜ようやく想いが通じ合ったばかりだというのに、奇妙な気まずさがふたりの間に漂う。

「あの……」

「ん？」

「日を改めて、わたしだけが伺ってもいいのよ……？」

言葉を選びつつ、無理をしなくてもいいと伝えると、彼は意表を突かれたようだった。

「すまない、君に気を使わせてしまったね。——だけど、大丈夫だよ」

「……本当に？」

とても本心とは思えない彼の台詞に、オーレリアが戸惑い気味に小首を傾げると、そんなあどけないしぐさにヴィクトールが微笑んだ。

「平気だよ。それに今日は君と一緒だから」

「……？」

どこか意味ありげな発言に困惑しつつも、オーレリアはそれ以上詮索することをやめた。

街並みはオーレリアの知らない景色へと変わり、やがて馬車はある大きな屋敷の前で止まった。

「ここは？」

「シェフィールド侯爵家だよ」

その名は知ってはいる。確か、国内でも有数の名家で、代々の当主は近衛府の長を務めているとか――。

「あなた、そんな偉い人とお知り合いだったの？」

エスコートされながら聞かされた内容に驚いて訊ねると、ヴィクトールはひどく曖昧に微笑んだ。

「さあ行こう」

呼び鈴を鳴らすとすぐに扉が開き、壮年の家令が出迎えた。

「お待ちしておりました」

小柄で温厚そうな容姿の彼は、事前に知らされていたのか、突然の来訪にも驚くことなく恭しく出迎えると、そのままふたりを屋敷の奥へと案内した。

やがてひとつの扉の前で立ち止まると、家令は扉越しに声をかけた。

「旦那様、ランバート様をご案内いたしました」

「――通しなさい」

「はい――どうぞ、お入りください」

　ヴィクトールに続いて部屋に入ったオーレリアは、執務机に向かう姿を見て、あ、と声を漏らした。そこに座っている人物を、オーレリアは知っていた。――否、正確には見かけただけであるが。

　はっとしてオーレリアは隣に立つヴィクトールを見る。彼は、硬い表情で前方に座る人物を見つめていた。

　机で何か書き物をしていたシェフィールド侯爵は、一段落したのかペンを置くと顔を上げてヴィクトールとオーレリアを順に見た。

「待たせてすまなかったね」

　立ち上がった侯爵がふたりの傍へ近づいてくる。やはりあの人だ、とオーレリアは確信する。ランバート邸で行われた夜会で、ヴィクトールに借金延滞を申し込んでいた紳士と一緒にいた、あの長身の紳士だった。あのときは部屋を出ていく姿をちらりと見ただけだったが、こうして目の前に立つ紳士はオーレリアの記憶の中の彼よりも背が高く、そして顔立ちも整っていた。――そして、向かい合ったことで改めて気づいたことがあった。

　――ヴィクトールと似てる……？

　少しくすんだ金の髪と明るい緑の双眸の侯爵は、ヴィクトールとは纏う色彩が違う。男らしいすっきりとした精悍な顔立ちも、端麗な美貌の彼とは受ける印象がかなり異なる。だが、どこかしら似ているような――。一体どういうことなのかと戸惑うオーレリアに、侯爵は淡い笑みを浮かべて言った。

「ようこそ、ミス・クロフォード。突然お招きして申し訳ない。私はジェラルド・シェフィールド。——ヴィクトールの父です」

「えっ」

突然明かされたふたりの関係に、オーレリアは挨拶することも忘れて呆然と立ち尽くした——。


「どういう……こと……？」

驚きも露わにオーレリアはヴィクトールを見上げる。

ヴィクトールは商家の生まれだったはずでは——。彼の生い立ちを思い返し、オーレリアはふと気づく。確か、彼はこう言っていたのではなかったか。

——母親がある屋敷に奉公していたと。

奉公先の具体的な名を言わなかったことと、母親の実家が裕福な商家だったと聞いていたことに加え、彼が今の爵位を得た経緯もあって、すっかり勘違いしていた。

不意に思い出すのは、あの夜会での侯爵の様子。ヴィクトールを見る目はひどく苦々しいものだった。

そういえば、彼は母親や義母のことは話していたが、父のことはほとんど話さなかった。そして、今こうしてふたりの様子――特にヴィクトールの侯爵へ向ける表情を見る限り、とても良好な関係とは思えなかった。

「今回君を救い出すのに、僕ひとりの力では時間が足りなかった」

そう話すヴィクトールの表情は、オーレリアの考えを裏付けるように、甚だ不本意だと物語っていた。しかしその話で分かったこともある。

「……だから、あんなに早く……。ありがとうございました」

救出の早さの理由が分かり、オーレリアは侯爵へ向けて深く頭を下げた。本当にあのときあと少しでも遅れていたらどうなっていたか。

「君とのことは聞いていたが、これが頭を下げて頼みに来たときは、本当に驚いた」

「……彼が？」

意外そうに呟きながら傍らを見れば、彼は苦虫を嚙み潰したような表情を浮かべていた。

「仕方がなかったんだ。ネリイが裏でこの件に関わっていることは気づいていたが、僕には情報が足りなさすぎたから」

だが、頭を下げた甲斐はあり、ヴィクトールは父である侯爵から有力な情報を得た。

連続誘拐犯は、隠れ家としてクリーヴ教会を使っていたのである。

実は、そこが犯行に使われているらしいことは調査で分かってはいたが、確たる証拠がないことに加え、場所が悪かった。

　国の最高実力者が国王であることは言わずもがなであるが、国王が統治する国の中で、彼の権威が他と比べて弱まる場所がある。――それが聖職者の頂点に立つ法王の統べる教区である。国内の地位や権力で言えば、法王の力は国王のそれには遠く及ばない。だが、国王も他の国民同様に同じ神を信じる敬虔《けいけん》な信者である。それゆえに、国内の教会は国王の権力よりも法王の威光が強い、いわば立ち入りにくい場所とみなされて久しい。

　今回の事件も本来であればもっと早く解決できたのかもしれなかったが、場所が場所であるだけに、確たる証拠が摑めていない状況で捜索できずにいたのだったが――。

「そんな悠長なことを言っていたら、君を救い出せなくなるからね」

　話を聞くや否や、ヴィクトールは飛び出してオーレリアの囚われている教会へと向かったのである。

「……だけど、もしそこにわたしがいなかったら……」

「そのときはそのときだよ。あのときはそんなこと考える余裕なんてなかった」

　そう言ってヴィクトールは軽く笑ったが、彼ひとりが乗り込んだというならともかく、近衛府まで動かしたとなれば、間違っていたでは済まされない。オーレリアは侯爵に深く頭を下げた。

「申し訳ありません、リシャールとわたしのためにこんな……」

「確かに危険な賭けではあった。だが結果、君たちは無事なのだから良かったと言うべきだろうな。それに、これもようやく決心したようだ」

「……どういう、こと？」

ヴィクトールを見上げたオーレリアは、彼が先ほどよりもずっと深いしわを眉間に刻んでいることに気づいた。何か迷っているような表情に、オーレリアの不安が募る。

「……随分前から、戻ってくるように言われていてね」

「え？」

オーレリアを救い出すために協力してほしい、と頭を下げたヴィクトールに、侯爵は取引を持ちかけた。――それほど大切な女性なら、助けることに協力しよう。その代わり、事を成した暁には、侯爵家へ戻ってこい――と。

その提案に、ヴィクトールが逡巡したのはわずかな時間だった。『彼女が無事であれば』と、それまで頑なに拒み続けていた同一人物とは思えないほど、あっさりと彼はその提案を受け入れたのだった。

「……約束は守ります。ですが、僕はまだ納得したわけではありません」

「分かっておる。あれが……クラウディアがされたことを恨んでいるのだろう」

「あの頃、母がどれだけ苦しんでいたか――もしあのとき、あなたがもっと早く母を助けてくれていたら――」

責める響きを含んだ声音に、侯爵の端正な顔が曇る。

「……そうだな。そのことは今でも悔いている。だからせめてもの罪滅ぼしに、彼女の残した子であるお前を、正式に私の嫡子として迎え入れたかった」

ヴィクトールの母が亡くなった後、シェフィールド侯爵は当時の妻と離縁している。妻との間に子はなく、侯爵の実子はヴィクトールひとりだけだった。

侯爵は何度もヴィクトールに家に戻ってこないかと言ったが、ヴィクトールは頑なに断り続けた。そうして金に物を言わせて爵位を手に入れ、挙げ句、貴族相手の金貸し業を始めた。その理由をオーレリアが以前訊いたとき、彼はこう答えていた。

『僕がこんなことを続けているのは、金儲けのためじゃない。……強いて言うなら、僕に悪評が立つことが理由……かな』

あの不可解な言葉の意味がようやく分かった。彼に悪評が立てば立つほど、侯爵が自分を呼び戻すことを諦めるのではないかと考えていたのだろう。もくろみどおり、確かにあのときの侯爵はひどく苦々しい表情で彼を見ていたのだから。

「あのとき、私は彼女を守ることができなかった。そのことが許されるとは思っていない。

——だが、せめてその償いをさせてほしいのだ」

「——僕を、シェフィールド家の跡取りにすることが償いだと？」

嘲るように薄笑いを浮かべるヴィクトールに、侯爵がぐっと言葉に詰まる。しばしの沈黙がふたりの間を支配し、それをオーレリアが固唾《かたず》を呑んで見つめる。

「……分かってますよ」

やがてぽつりと呟いたのは、ヴィクトールだった。

「あなたが母を弄《もてあそ》んだのではないことは。いっそそのほうがあなたを遠慮なく恨めたのに」

ヴィクトールの思いとは裏腹に、離婚後も侯爵は、持ちかけられる再婚話を一切断り続け、独身を貫いているという。侯爵には未だ嫡子はない。ヴィクトールのことは、使用人の連れ子ということにされており、正式な子として認められていない。だから、世間ではヴィクトールがシェフィールド侯爵の実子であると知る者は、ほとんどいないと言ってもいい。

だからこそ、周囲は跡取りのいない侯爵に再婚を勧めたのだが、それを侯爵は頑なに拒み続け、二十年余りが過ぎたのである。それがどういう意味を持つのか分からないほど、ヴィクトールは愚かではなかった。

だからといって、これまでのわだかまりを簡単に捨ててしまうことは、まったく別の問題だったようだ。

「当時のあなたの立場を考えれば、仕方のないことだとは分かります」

「だが、納得はできないのだろう」

当然だ、と苦く笑う侯爵を、ヴィクトールは感情のない双眸で見据える。

「……実家に戻った後、クラウディアはどうしていた?」

実家に戻された後、ふたりが連絡を取り合うことは一度もなかった。だから、ヴィクトールの母クラウディアがどんな最期を迎えたのか、侯爵はこれまで知らなかったのだ。

「実家に戻ってから母に残された時間は、多くはありませんでした。それでも母は毎日を心穏やかに過ごしていましたよ」

「……そうか……」

ほんの少しの希望を見出したように、侯爵は端正な顔をわずかに緩める。

「……私のことは何か言っていたか？」

「いえ、——ただ、これを、あなたに渡してほしいと」

そう言って、ヴィクトールは上着の内ポケットから一通の封書を取り出す。

「亡くなる間際、母があなたに宛てて書いたものです」

「彼女が、私へ……？」

差し出されたそれを、どこか信じられないものでも見るように侯爵は数秒間見つめていたが、やがて手を伸ばして受け取ると、封さえされていない封筒から手紙を取り出した。

かさ、と小さな音と共に手紙が開かれ、そこにしたためられた文章を侯爵は目で追っていく。書かれている文章はわずかだったが、侯爵はそのわずか数行の文章を、何度も何度も読み返していた。

そうして彼が顔を上げたとき、その明るい緑の双眸にはわずかに涙がにじんでいた。

「——この辺が潮時《しおどき》、なのかもしれませんね」

「潮時……？」

怪訝そうな侯爵に、ヴィクトールは言葉を繋ぐ。

「母は最期まで、あなたのことを想っていました。言葉はありませんでしたが、表情であなたを深く想う気持ちが伝わってきていました」

「…………」

「僕としては、できることならあなたとは関わり合いになりたくないと思っていましたが、あなたはオーレリアを助けてくれた」

ヴィクトールは笑みこそ浮かべないものの、少しだけ表情をやわらげる。

「この家へ、戻ります」

「ヴィクトール……」

目を瞠る侯爵に、ただ、とヴィクトールは付け加える。

「あなたを父と呼ぶのはまだ当分は無理ですが、それでもよければ」

「……ああ、構わない」

ふ、と口の端を緩やかに上げて侯爵は笑みを刻む。

「お前のいいようにしなさい」

「……そうさせてもらいます。——行こう、オーレリア」

侯爵に挨拶もなくヴィクトールは踵を返すと、オーレリアの背に手を添える。

背を押されて歩かされながら、オーレリアが振り向けば、侯爵は穏やかな笑みを浮かべてふたりを見送っていた。その笑顔は、驚くほどヴィクトールと似ていた。

「──ねえ、あれでよかったの？」

屋敷を出て馬車で家へ向かいながら、オーレリアは隣のヴィクトールに問いかける。

「いいんだよ。あの人も、今さら僕に慕われたいなんて思っていないさ」

「でも、わたしのためにあなたが無理をして……」

「どんな状況でも、僕は何を優先すべきか知っている。くだらない意地を張って君を失っては元も子もないからね」

そう言って微笑まれれば、オーレリアの頬には自然と熱が溜まってしまう。

「それに──母の気持ちを汲むのなら、いずれ侯爵とは和解しなくてはならなかったのだし……」

「……じゃあ、ランバートの名は……」

「陛下にお返しすることになるだろうね。それに、ランバートの名でしてきたことも、辞めなくてはならないだろうし」

ヴィクトールはため息まじりに肩をすくめた。しかし、彼が金貸しを辞めることは、少なからずオーレリアを安堵させた。彼が誰かに責められたりなじられたりする姿は、できることならもう見たくない。

「……よかった」

思わずそっと呟くと、耳ざとく聞いていたヴィクトールがくすりと笑った。

「心配してくれるの？」

「あ、当たり前でしょ。今のあなたの仕事は誰の恨みを買うか分からないのだし、万一あなたが襲われでもしたら……」

「君は優しいね。だけど、僕がこの仕事をしていなかったら、君とは出会えなかったのだし、それを思えば悪いことばかりじゃないと思わないかい？」

にっこりと笑いかけるヴィクトールに、オーレリアは苦笑するしかない。

確かに普通であれば、ヴィクトールとは出会うことはなかった。もし出会っていたとしても、オーレリアが彼に恋心を抱くことはなかっただろう。

それを思えば、何とも不思議な縁だとオーレリアは思う。

――わたしもまた、彼のことをうわべでしか見ていなかったのだわ。

オーレリア自身が周囲からそう見られることを嫌悪していたはずなのに、気づかないうちに自分もまた同じことをしてしまっていたのだ。

「どうしたの？　黙り込んで」

「……ううん。本当のあなたを知ることができてよかった、って思って」

「これからもっと色々と教えてあげるよ。例えば――」

そこで一旦言葉を切ると、ヴィクトールはオーレリアの耳元に唇を寄せて囁く。

「君を見るたびに、僕の身体がどんなふうになるのか、ってこともね」

「……っ、そんなこと教えてくれなくていい……っん……」

抗議しようと見上げた瞬間、掬い上げるように口づけられる。少し前までなら振り払おうとしていたはずのそれ。だけど今は――。

短いキスの後、頬を赤くしているオーレリアにヴィクトールが笑いかける。

「嫌がる君もよかったけど、やっぱりこのほうがずっといい」

「……いじわる……」

「とんでもない。かわいいって褒めてるんだよ」

囁きながら、甘い微笑みを浮かべた彼が再びオーレリアに唇を寄せる。

「……愛してる……」

再び重なる口づけは、先ほどよりも長く。やがてそれが深く濃密なものへと変わっていけば、オーレリアの身体から力が抜けるのに、さして時間はかからなかった――。

第十二章　終焉

どこか遠くで獣《けもの》が鳴いている。

物悲しそうな、今にも消えてしまいそうな弱々しい声で。

目が覚めたとき、彼女は自分がどこにいるのか分からなかった。

「……ここは……」

見渡す薄暗い部屋に見覚えはない。もっとよくあたりを見ようと椅子から立ち上がろうとして、後ろ手に縛られて身動きができないことに気づいた。

「お目覚めですか？」

その声で部屋の入り口の脇に青年がもたれていることに気づいた。薄暗い空間の中でも、彼の容姿は彼女にはっきりと認識できた。すらりとした長身、光源の限られた部屋の中でも輝きを保つ銀の髪。社交界であまたの女性の心を射止めている、稀有ともいえる端麗な美貌の主を、彼女は戸惑いも露わに見つめた。

「ランバート伯……？　ここは一体どこなのです。なぜわたくしがこんな目に遭っているのです」

ついさっきまで、自分は屋敷のサロンにいたはずなのに。焼き立ての菓子と共に紅茶を飲んでおしゃべりをして――その後の記憶がない。

拘束されて身動きができない状況で、彼女は苛立ちも露わに矢継ぎ早に青年に問いかける。

夫人に対し、青年はまるで動じる様子もなく、「ここがどこだか気になりますか？」と返した。

「ここは、あなたの娘に目をつけられたがために攫われたかわいそうな少女たちが、外国に売り飛ばされるまでの間監禁されていた部屋ですよ。薬漬けにされ、繰り返し凌辱されながらね」

「……っ」

「その様子だと、あなたも娘のしていたことに気づいていたようですね、コートニー夫人」

さっと顔色を変えた彼女に、青年は薄く笑った。

事件が発覚してから一週間が経つ。あの後、教会内部には近衛府の者が立ち入り、犯人とおぼしき男ふたりが捕らえられた。まだ国外に売られた少女たちの行方は摑めていないため、完全に解決したわけではないが、それでも国内での誘拐事件はこれで一旦終息のめどがついたことになる。

犯人の中に、ネリイの姿はなかった。男たちはもうひとり女が仲間にいると叫んでいたが、それは捜査を撹乱するための犯人の狂言だとみなされ、取り上げられることはなかった。

犯行が明るみに出たと知ったとき、コートニー夫人は肝を冷やした。もしもこのことが夫である伯爵に知られれば、一体どうなるか。最悪の場合、離縁となれば、既に一度離縁を申し渡された過去のある夫人には、もう社交界での未来は閉ざされたと言っていいだろう。

だが、幸いにも娘は事件に関わっていないとされ、夫人は心から安堵したのである。

その後ネリイから、しばらくは山荘の別荘に行くと連絡があったが、事件が落ち着くまではそのほうがいいだろうと、夫人も同意していた。

「――ネリイから、何か連絡はありましたか」

「……そんなこと、お前には関係ないでしょう。それよりも早くこれをほどきなさい。悪ふざけもいい加減にしないと――」

そのとき、再びどこからか獣のか細い鳴き声が聞こえた。夢うつつのときは気づかなかったが、声は右隣の部屋のほうから聞こえているような気がした。

何とも奇妙な声に、夫人は眉を顰める。

「あれは一体何なの」

「気になりますか？」

その言い方にどこか引っかかりを覚えたものの、夫人は当然でしょうと高飛車に言い放つ。

「あんな薄気味悪い声、気にならないほうがどうかしてるわ」

「薄気味悪い声、ね……」

夫人の台詞をそのまま繰り返し、青年は低く笑う。そのどこか嘲りを含んだような笑い方が、夫人の癪に障った。

「何がおかしいの」

「おかしいですよ。あなたは自分の立場を全然分かっていない」

「分かっていないのは、伯、お前のほうだわ。金で爵位を買っただけの成り上がりのくせに、わたくしにこのようなことをして、ただで済むと思っているの？」

そこまで一気に言って、夫人は言葉を切ると、これまで溜まっていた鬱屈を吐き出した。

「大体、娘がお前に興味を持つこと自体気に入らなかったのよ。なのに、あの子ったらわたくしの言葉を無視してお前に熱を上げて……」

「そういう割に、ネリイに協力するんですね」

「お前には関係ないでしょう」

けんもほろろに言い放つ夫人に、青年が口の端を片方だけ上げる。

「もし、僕が彼女と恋仲になっていたとしたら、どうするつもりだったのですか？」

「……幸いなことに、そうならなくてほっとしているわ」

軽く笑う夫人に、青年も頷く。

「彼女はあなたによく似ている。顔立ちや声や性格……それに、ひどい悋気持ちなところも」

「悋気のない女なんていないわ」

ふん、と軽くあしらう夫人を見据える青年の双眸に冷たい光が宿る。

「だけど、あなたのその醜い悋気のせいで、僕の母は死んだ。——あなたに、毒を飲まされて」

「え……？」

それまで澄ましていた夫人が、途端にぎょっと目を瞠った。

「お前……お前は……まさか、お前……」

動揺を露わにする夫人の問いかけに青年は答えず、ふと思い出したように別のことを口にする。

「最近ネリイにはお会いになりましたか？」

「……え、い、いえ……会っていないわ……それより、お前はまさか、あの女の……」

「ねえ、コートニー夫人」

夫人に最後まで言わせず、青年はどこか優しげに呼びかける。

「不公平だと思いませんか？」

「……な、何を……」

「悪いことをして、罰せられる人間と、そうじゃない者がいる。それって、すごく不公平だと思いませんか？」

「…………」

　答えられずにいる夫人に構わず、青年は言葉を繋ぐ。

「ああ、言っておきますが、だからといって罰せられない者たちを許すなと言っているわけじゃないんです。僕もそこまで正義感が強いわけじゃない」

「……だったら……」

「だけど、それは僕に関わりのない場合の話です」

　すっと、声が低くなり、つられて部屋の温度が下がったような錯覚が夫人を襲う。

「夫人、あなたはやりすぎたんですよ」

「……っ」

「一度ならず、二度までも。――それは絶対に許されることじゃない」

「ま、待ってちょうだい！　クロフォード家の娘のことは、わたくしは何も……！」

「娘のしていることを黙認し、あの場所を提供していた。そのせいで僕の大切な人が危うく傷つけられてしまうところだった。――だからその罪は贖《あがな》ってもらいます」

「……なっ」

　目を瞠る夫人の耳が、再び獣のか細い鳴き声を捉えた。

　ここに来てからその声を何度か聞き続けるうち、夫人は不意に気づく。――その声が獣の声ではなく人の声であるということに。獣の鳴き声のように聞こえるのは、人間の女の嬌声だということに。――そして、その声が誰かに似ていることに。

そうして、その主が誰であるか気づいた瞬間、夫人は愕然とした。

「この声……まさか……」

「やっと気づいたんですね」

どこか小馬鹿にしたように青年は笑う。

「このまま気づいてもらえないんじゃないかと心配しました」

「……あ、あなた、ネリイに何を……」

喉がからからに干からびて、うまく声が出せない。掠れた声を振り絞って辛うじてそれだけを訊けば、青年は笑みを浮かべたまま言った。

「彼女が今何をしているか知りたいですか？」

それは質問という形式を取った命令だった。彼はそれまでもたれていた壁から離れると、長い脚で夫人に歩み寄り、腕を摑む。そのままぐいと引き上げられ、夫人は否やを言う間もなく扉のほうへと背を押された。

後ろ手に縛られた手首に縄が食い込んで痛みが走る。

「痛いわ、離しなさい！」

だがそんな抗議を聞いてもらえるはずもなく、一旦廊下へ出て今までいた部屋の右隣にある扉のほうへと歩かされる。徐々に扉へと近づくにつれて、それまで遠くに聞こえていた獣のような声が、次第にはっきりと聞こえてくる。

「……この奥に、本当に娘が……？」

「それをこれから、見ていただくのですよ」

たどり着いた扉の前で青年はそう言うと、おもむろにドアノブに手を掛けた。――そうして、開かれた扉の奥に広がる光景は、夫人の想像を遥かに超えていた。

「――ッ!?」

目の前で繰り広げられている光景に、夫人は声をなくして呆然と立ち尽くした。

隣の部屋同様に薄暗くはあったが、その異様さは先ほどまでの比ではなかった。

部屋の中央に設えられた巨大な寝台。そこに、ネリイはいた。――正確には、複数の男たちと激しく絡み合いながら。

最初夫人はネリイが獣に襲われているのかと思った。だが、それは獣を模した覆面を被った男たちだった。そのあたかも獣姦であるかのような光景に、夫人は強烈な吐き気と嫌悪感を覚え、思わず顔を背ける。

「しっかり見てください。あなたの娘ですよ」

青年の冷ややかな声と共に、しなやかな指先に顎を捕らえられる。そのまま前を向くように顔を固定されてしまった夫人は、このおぞましい宴の一部始終を見ざるを得なかった。

「ああ、ネリイ……」

そのあまりにも凄惨な光景に、夫人の双眸から涙が溢れる。

「こんな……どうして……」

「言ったでしょう。あなたたちはやりすぎた。僕の大切な人をふたりも傷つけておいて、無事でいられると思っていたのですか。――だから、まず彼女からその報いを受けてもらっているのですよ」

「なんてこと……」

「さすがマクシミリアン医師の処方した媚薬はよく効きますね。もうかれこれ一週間になりますが、悦んで男たちに抱かれているのですから」

「一週間!?」

ぎょっとする夫人に、青年は事もなげに頷く。

「これまで誘拐した少女たちにも同じ薬を与えていたそうじゃないですか。それなら、自分でも試してみるべきでしょう？」

よくよく見れば、今もなお男たちに犯されている娘は歓喜に狂い啼いてはいるが、目の下には隈が浮かび、明らかに疲労感が滲んでいる。

「お、お願いよ、やめて……こんなのやめさせて！　このままでは死んでしまうわ」

必死に縋る夫人の懇願を、ヴィクトールは黙って受け止めていたが、ややあって「それなら」と呟いた。

「あなたが代わりますか？」

「……え？」

「あなたが、ネリイの代わりに男たちの相手をしますか？」

その提案は、夫人の予想を遥かに超えていた。再び目を向ければ、おぞましい光景に網膜が腐食される。瞬間込み上げる強烈な吐き気に、夫人は激しくかぶりを振って拒絶した。

「じょ、冗談じゃないわ、嫌よ！　どうしてわたくしが……！」

「だって、娘でしょう」

「む、娘だからって、できることとできないことがあるわよ！」

夫人は強く言い返す。青年はそれに対して驚くことなく肩をすくめた。

「でしょうね。あなたはいつだって自分が一番かわいい人だ。たとえ自分の娘を救うためであろうとも、自身を犠牲にはしないだろうと思っていました」

ですが、と青年はため息まじりに言葉を継ぐ。

「もしもあなたがここで僕の予想を裏切る答えをしていたなら、助けてあげてもいいかな、とも思っていたんですよ」

「……え？」

夫人はその意味が分からないというふうに、呆然と青年を見上げる。

「その最後の機会をあなたは自らふいにした」

そう言って青年は夫人の背を押すと、よろめいて数歩部屋の中に入り込んだ夫人の背中越しに呼びかけた。

「新しい客人だ。もてなしなさい」

途端、狂乱を繰り広げていた男女たちがまぐわうことを止め、一斉に夫人へ注目する。

「……ひ……ッ」

寝台を下りて近づいてくるその中に、自身の娘もいるというのに、今や夫人は恐怖も露わに後ずさっていた。

「い、いや……来ないで……来ないで……!!」

だが、数歩も下がることなく夫人は獣人たちに取り囲まれる。そうして男たちの後から現れたネリイがにっこりと笑って言った。

「おばさん、あそぼ?」

既に正気を失っている眸に夫人は慄然とする。

「……は、離しなさい、ネリイ、あ、いや……やめて!」

男らに両腕を摑まれる。そのまま寝台へと引きずられながら、夫人は救いを求めるべく後ろを振り返る。だが、先ほどまで青年がいたはずの扉は既に閉められ、そこには誰もいなかった。

「……お願い、行かないで、助けて……!」

誰もいない扉へ向けて、夫人は声の限り叫ぶ。だが、彼女に訪れたのは救いの手ではなく、狂気へといざなう娘の笑顔だった。

「いっぱいあそぼうね」

「ひぃ……ッ!」

——聖なる家の地下深く、少女のけたたましい笑い声と夫人の悲鳴が響きわたる。再び始められた宴は昼夜を問わず続けられ、いつしか廃人同様になった夫人が、双眸から光を失い、一切の反応をなくすまで、延々と繰り広げられたのだった――。


「本当によろしかったのですか？」

　部屋を出たヴィクトールに、廊下で控えていたリオンが声をかけた。

「ぬるすぎるくらいだよ。命まではとられないのだからね」

「……まあ、それはそうですが……」

「人間としては終わったも同然でしょうね、あの母娘」と呟くリオンに、ヴィクトールは先に歩きながら問いかける。

「僕がやりすぎだと言いたいのかい？」

「いいえ、あの母娘はそれだけのことをしたわけですから。ただ、何も知らなかったコートニー伯爵はお気の毒だと思います」

「まあ、確かにね。だが、知らないでは済まされないこともあるんだよ、リオン。それを伯爵は今回の件で痛感したんじゃないのか？　それに処分といっても、無期限の出仕停止に加え領地で自宅謹慎という軽い裁定《さいてい》なのだから、むしろ喜ぶべきだよ」

　さらりと言ってヴィクトールは階段を上る。この教会の地下室は、通常よりも深くに造られており、地上にたどり着くまでに二階分に相当する階段を上らなければならない。

だがそれゆえに地下での声は地上まで届くことはなく、そのためにこの地下室がこれまで犯行に使われてきたのである。

「近く、ここは取り壊すらしい。――元々使われていなかったところだから、今回のことで決まったようだ」

「それがいいですね」

頷く従者を視界の端に捉えながら、ヴィクトールは前方に現れた扉を開く。その先に現れたのは、教会内でも奥まった場所にあるために、日中でもほとんど人気《ひとけ》のない回廊だった。回廊は奥庭に面しており、その先には街へと繋がる裏門もあるため、途中誰かに会うことはほとんどないと言っていい。

「随分都合のいい場所があったものだ」

呆れたように言いながら、ヴィクトールは奥庭を横切り、外界へと通じる古ぼけた扉へ手を掛ける。

「ああ、そうでした。旦那様、ご報告が」

リオンが思い出したように申し出る。裏門をくぐると人通りの少ない薄暗い裏道へと続いており、どこまでも犯罪者には都合の良い立地になっている。

細い路地を大通りへと向けて進みながら、ヴィクトールはリオンに話すよう促す。

「例の件ですが、看守から先ほど報告がありまして、昨夜、刑務所内で夕食中、囚人同士の乱闘騒ぎがあったようです。偶然近くに座っていたクレイグ・マクシミリアンは騒ぎに巻き込まれ、その際、興奮した囚人のひとりに襲い掛かられて両目を怪我したと。――医師の診察では傷は深く、命に別状はないものの、失明は免れないだろうとのことでした」

「そうか」

「それと、もうひとり。誘拐犯のひとり――お嬢様に手を掛けようとした男ですが、拘置所内で同室の男に絡まれ、激しい暴行を受けて両手をつぶされたそうです。それと前歯も何本か――」

「ふうん、何とも恐ろしいね」

応えるヴィクトールは言葉とは裏腹に淡々としている。

「クレイグ・マクシミリアンのこと、お嬢様には……」

「オーレリアに伝える必要はないよ。彼女が知れば心を痛めるだけだ」

先日ようやく伯父の葬儀を済ませたばかりだ。クレイグの供述した場所から遺体は見つかったが腐敗が激しく、オーレリアは伯父の死に顔さえ見ることができず、冷たい艶を帯びた棺を前に、ヴィクトールの胸で泣くことしかできなかった。できることなら、今はまだ心穏やかに過ごさせてあげたい。

「ええ、心得ております」

受けるリオンもそのことを理解しており、頭《こうべ》を垂れる。やがてふたりは大通りにたどり着くと、リオンが再び「旦那様」と呼びかけた。

「お嬢様は先ほどカフェに到着なさって、旦那様をお待ちです」

「そうか」

明るい話題を耳にして、ようやくヴィクトールの表情がわずかにやわらぐ。

「愛しいレディを待たせるわけにはいかないね。すぐに行こう」

爽やかな秋晴れの空の下、今しがた見た陰惨《いんさん》な光景など知らぬかのような穏やかな微笑みを浮かべ、ヴィクトールは待たせてあった馬車に乗り込んだ――。


待ち合わせ場所の少し手前で馬車を停めると、ヴィクトールは扉を開けて降り立った。

「ここでよろしいのですか?」

「ああ。今日は天気もいいし歩いていくよ」

訊ねるリオンにヴィクトールは軽い笑みで答えると、そのまま歩き始めた。

オーレリアと待ち合わせをしているカフェは、以前彼女の弟も誘って三人で来たことのあるカフェで、少し高台にある店は眺めの良さもあって、以来彼女のお気に入りの場所となっている。

通りを進むと、ほどなくカフェが見えてくる。そのオープンテラスでオーレリアは本を読んでいた。その姿を遠くに捉えながら、ヴィクトールはあの雨の日に彼女が言っていた言葉を思い出す。

『わたしが、あなたの傍にいてあげられたらよかったのに……』

あの呟きに、彼女のすべてが集約されていたとヴィクトールは思う。そして、そんな彼女の見返りを求めない優しさに、いつしか惹かれていったのだろうと。

幼かった過去にではなく、今彼女と出会えた幸運をヴィクトールは噛みしめる。

「──誰かをこんなに愛しいと思える日が来るなんて、少し前までの僕なら思いもしなかっただろうな……」

そう呟く彼の胸の中は、いつになく晴れやかだった。

カフェにたどり着くと、本を読んでいたオーレリアが何かに気づいたように顔を上げた。

その目が束の間あたりをさまよい、やがてヴィクトールを映し出す。──瞬間、花開くような柔らかな笑みが浮かび、ヴィクトールを魅了する。

「遅くなってすまない。ここへ来る前に少し寄り道をしていたんだ」

「ううん、わたしも今来たところだから」

笑顔で言って、オーレリアは立ち上がる。

「──寄り道って、どこへ行ってきたの？」

馬車へとエスコートされながら、オーレリアが訊ねると、ヴィクトールは「ああ」と微笑んだ。

「つまらないところだよ。──そろそろ劇が始まる時間だ。行こう」

終

あとがき

はじめまして、葛西青磁《かさいせいじ》と申します。

この度は数ある本の中から『夜から始まる恋人契約』を選んでいただき、ありがとうございます。

今回、執筆のお話をいただいた時は本当にびっくりしましたが、ずっと憧れていたお仕事にチャレンジさせていただけて、とても感謝しております。

素敵なイラストを描いてくださった旭炬《あさひこ》様、ありがとうございました。カバーイラストをいただいた時には、主役二人のあまりの美麗さに、しばし見とれてしまいました。色使いも本当に綺麗で、流石《さすが》プロだなあと、手直し作業の合間に何度もイラストを見ては癒《い》やされておりました。

担当してくださったY様、この度はお世話になりました。

何度も挫折《ざせつ》しながらも、この作品を最後まで書き上げることが出来たのは、Y様の適切なアドバイスがあったからだと思います。本当にありがとうございました！

この本に関わってくださった皆様、そして手に取っていただいたすべての方に、心からの感謝を込めて。

葛西青磁

この本を読んでのご意見・ご感想をお待ちしております。

◆ あて先 ◆

〒101-0051

東京都千代田区神田神保町2-4-7 久月神田ビル7階

㈱イースト・プレス　ソーニャ文庫編集部

葛西青磁先生／旭炬先生

夜《よる》から始《はじ》まる恋人契約《こいびとけいやく》

2016年3月7日　第1刷発行

著　　者　葛西青磁《かさいせいじ》

イラスト　旭炬《あさひこ》

装　　丁　imagejack.inc

D　T　P　松井和彌

編集・発行人　安本千恵子

発　行　所　株式会社イースト・プレス

〒101-0051

東京都千代田区神田神保町2-4-7 久月神田ビル8階

TEL 03-5213-4700　　FAX 03-5213-4701

印　刷　所　中央精版印刷株式会社

ISBN 978-4-7816-9573-0

定価はカバーに表示してあります。

Sonya ソーニャ文庫の本

『侯爵様と私の攻防』 富樫聖夜

イラスト うさ銀太郎